TAKE
SHOBO

蹴って、踏みにじって、虐げて。

イケメン上司は彼女の足に執着する

青砥あか

JN052747

蜜夢
MITSU
YUME

CONTENTS

MITSU YUME

イラスト／氷堂れん

蹴って、踏みにじって、虐げて。

kette, fuminijitte, shiitagete.

イケメン上司は彼女の足に執着する

第1章　蹴って、踏みにじって、虐げて。

1

やっと見つけた……。彼女だ。

綾瀬正也《あやせまさや》は、目をすうっと細めて口元に笑みを浮かべた。

ガラスの壁を隔てた向こうでは、綺麗な栗色の巻き毛をした女性が、若い男性の営業を叱りつけている。綾瀬はその女性を愛しげに見つめた。

「綾瀬君、あれがチーフデザイナーの花木麗香《はなきれいか》君だ」

デスクに座るMDの言葉に振り向く。表情が微かに緊張した。

「花木……？　結婚しているんですか？」

「結婚？　してないよ。なんで？」

「あ、そうなんですか……すみません。なにか勘違いしていたみたいです」

ほっと胸を撫《な》で下ろし、適当に笑ってその場を誤魔化す。背後でスパーンッという小気味良い音が響いた。

視線を戻すと、麗香が手に持っていたスケッチブックで営業の頭を叩《たた》いたところだった。

「あーあ……またやってる。彼女、ちょっとというか、かなり気性が激しいんだ。まあ、当たられるのはたいていてい彼、西野《にしの》君っていう営業で、ちょっと叩かれたぐらいで気にするタイプじゃないけどね。あれパワハラだから、見かけたら注意してね」

渋い表情でMDが頭をかく。

「大変かもしれないけど、君なら仲良くやれるだろう。頼むよ」

そんなこと言われなくても、彼女に近づくつもりだ。MDの言葉を聞き流しながら、綾瀬は罵倒される西野を睨《にら》み付けて呟《つぶや》いた。

「……羨《うらや》ましいっ」


麗香がヒステリックに西野にからんでいると、同僚のパタンナーの女性がおずおずと声をかけてきた。

「あの、花木先輩……」

「なにっ?」

気が立っていた麗香は、顔をしかめて振り返る。

「MDが呼んでいるんですけど」

「えっ……?」

パタンナーがちらりと振り返った視線の先を追う。ガラス張りの部屋から、椅子に座ったMDが手招きしていた。

その隣に、見知らぬ男が立っている。すらりと背の高い、なかなかのイケメンだ。

麗香は不機嫌を隠さず二人を睨み返したが、MDには逆らえない。

MDとはマーチャンダイザーの略で、流行や売り上げ動向をチェックし、企画を立てる総合プロデューサー的な仕事だ。売り上げ実績の最終的な責任も負う。

麗香のブランドを受け持つMDは、壮年にさしかかった穏やかな性格の男性だ。営業でキャリアを積み、人望も厚い。気性が激しく性格のきつい麗香を上手く使いこなしていた。

「なんですか?」

「ご機嫌斜めのようだね。また、西野君をいびって……。ほどほどにしてあげてくれないかな」

MDが、目尻に深い皺《しわ》を寄せて苦笑する。麗香はそれを冷たく一瞥《いちべつ》し、その横の男を見上げた。

目が合うと、にっこりと微笑みかけられる。やや垂れ目の甘い顔立ちが、ますます甘ったるくなり、女好きのする顔になる。雰囲気が少しホストっぽい。

アパレル系には多いタイプの男だ。女性関係が派手で、軽い男に違いない。

「彼は、君と同い年の二十八歳で営業から異動になった」

やっぱり営業か。ホストっぽい印象はともかく、スーツをきちんと着こなしているのでそうだろうと思っていた。

ということは、新しいMDだろうか。MDは営業で経験を積んでからなることが多い。年齢的に考えて、仕事ができるならサブのMDぐらいになってもおかしくはない。

この男からは、いかにも仕事ができるオーラが漂ってくる。自信みたいなものだろう。するとやっぱり、MDからこの男がサブのMDになると紹介された。この間まで海外支社にいたという。どうりで、この年齢でサブMDになるほど優秀なのに、麗香が知らないわけだ。エリート街道まっしぐらというわけか……。

麗香は男を睨み上げた。

サブでも、MDなら麗香の上司になる。同い年の男に上から指図されるのかと思うと、少し面白くなかった。

あからさまに睨み付けているというのに、男の微笑みが崩れないのも面白くない。それどころか、なんだかうきうきしているように見える。

さらに深まる笑みに、麗香はなぜか背筋が寒くなった。なにかがおかしい……。

だが、それより気になることがある。

この男。誰かに似ている。

どこかで見たことのある顔だ。眉根を寄せ、記憶を手繰り寄せようとしたとき、男の言葉にすべてが吹き飛ぶ。

「よろしくお願いします。綾瀬正也です」

その名前に、麗香の表情が凍る。忌々しい記憶と、この男の面影が一瞬で重なった。

2

少年が少女に手を振っている。少女の姿が見えなくなったところで、麗香は物陰から飛び出して少年の背中を蹴り上げた。

「うわあぁっ！」

少年は情けない声を上げて道路に転ぶ。小学三年生の、女子の標準体重をかなり上回る麗香に比べ、少年は小柄で華奢《きゃしゃ》だった。

「れ、麗香ちゃん……痛いよ」

地面に手をついて振り向いた少年は、綺麗《きれい》な顔に泣きべそをかいている。少年は少女にも見間違えるような美しい容貌をしていた。

太っていて、地味な顔の麗香とは大違いだ。

「女にちやほやされて、そんなに嬉《うれ》しい？」

醜悪な笑みに顔を歪《ゆが》ませ、麗香は少年の背中を踏みつけた。

「いっ……やめてよっ」

「うるさいわねっ！　女みたいな顔してっ、気持ち悪いのよっ！」

麗香は少年の背中をぐりぐりと踏みにじってやった。

本当はこんなことしたくない。さっきの少女みたいに少年と手を繋《つな》いで一緒に帰りたい。でも、麗香にはできなかった。こんな性格も容姿も醜い自分が、この綺麗な少年と並んでは惨めなだけ。きっと笑われる。

少年だって、醜い麗香のことなんて嫌いなはずだ。仲良くなんてしたくないだろう。

だから麗香は、少年を苛《いじ》めるしかできなかった。愛しさと憎しみをこめて……。

＊　　＊　　＊

最悪だ。どうしてあの綾瀬が自分の上司に……。

幼い頃、綾瀬とは家が近く、同じ小学校だった。そのあと、麗香は家庭の事情で東京へ引っ越した。

それっきり綾瀬とは縁が切れてしまったが、まさかこんなところで再会するなんて。

麗香にとって、綾瀬を苛めたことは消し去りたい過去だ。彼が過去のことなんて憶えていないといい。

よりにもよって、苛めた相手が上司だなんて頭が痛い。気付かれて、今のチーフデザイナーの地位を追われることになったらどうしよう。やっと手に入れた念願の仕事なのに。

朝から憂鬱な気分で、麗香はデザイン室のドアを開いた。

「おはよう」

低い声で挨拶すると、先日罵《ののし》った営業の西野が「ひえぇぇぇ」と変な声をもらして逃げていく。

不愉快だ。

怒ったのは、西野が持ってきた売り上げの数字が悪かった上に、へらへら笑っていたからだ。喋《しゃべ》り方も敬語がまったくできていなくて、ほぼタメ口。さらには麗香のプライベートを詮索《せんさく》するような発言。「あ〜、彼氏とかいなさそ〜」などと煽ってくるので、さすがに我慢ならなくなっただけ。自分がパワハラをしている自覚はあるが、西野も西野でセクハラだ。周囲も、あの二人はお互い様だからと止めずに遠巻きにしている。

麗香はきつい性格はしているが、理由もなく怒るような癇癪《かんしゃく》持ちではない。仕事がうまくいかなくて不機嫌オーラを出してしまう駄目な面はあったが、今まで西野以外の同僚に当たったことはなかった。

溜《た》め息をつき、デスクにバッグを置いて回転椅子を引く。今日は来期の展示会用のデザイン画を作る予定だ。それから打ち合わせがあったな、と予定を確認しているとデザイン室のドアが開いて、無駄に甘い声が聞こえてきた。

「おはよう。花木さん」

麗香の肩がびくっと微かに震え、体が硬直する。頑なに無視をしてデスクに向かう。このまま自分の部屋に戻ってくれればいいのに……。

その願いも虚しく、椅子の背もたれを摑《つか》まれ回転させられた。

「おはよう。なんで無視するの？」

一番会いたくなかった男の笑顔が、思いのほか間近にあった。先日の顔合わせから、綾瀬はなぜか麗香にちょっかいを出してくる。どんなに無視しても、聞こえていないかのようにしつこく話しかける。

今日も、あからさまに顔をそむけてやるが、綾瀬はまったくへこたれないどころか、なぜか艶っぽい溜め息をこぼした。

麗香の背筋が、またぞわっと粟《あわ》立つ。

この男、なにか気持ちが悪い……。でもなんでだろう？

その疑問に答えを出す前に、綾瀬の大きな手で両頰を包まれ、強引に正面を向かされた。女子社員たちがうっとりする甘い顔立ちが目の前に迫る。優しげと形容されている目が、麗香にはなんだか恍惚《こうこつ》としているように見えた。

怖い……。過去のことを後ろめたく思っているせいだろうか？

それにしてはなにか違うものも感じ、収まらない鳥肌に麗香は表情を硬くする。

いや、そもそもこれはセクハラだ。顔をしかめ、頰を包む手を乱暴に払いのけてやった。

「おはようございます。触らないでください」

嫌々だということを隠すことなく挨拶を返してやると、綾瀬の鼻息がやや荒くなったような気がした。気のせいであってほしい。

「ところで、お昼のことなんだけど。一緒にどう?」

「え? なんで今からランチの話なんですか?」

「先に予約しておこうかと思って」

疑問にまったく答えていない綾瀬の返事に、麗香は眉間の皺を深くする。

「絶対に嫌ですっ」

忌々しく吐き捨て立ち上がった。彼がまた嬉しそうに表情を輝かせたのは、気付かなかったことにする。

「花木さん?」

「市場調査に行ってきます。良いデザインが思い浮かばないので」

出社したばかりだというのに、麗香はバッグを手に取り、逃げるようにデザイン室を出て行った。


「なんで……ついて来てるんですか?」

ニコニコと後ろをついてくる綾瀬に、麗香は頭痛がしてきた。

「これからの仕事のことを考えて、チーフデザイナーの君と親交を深めておきたいなと思ってね。あ、敬語じゃなくてもいいよ、楽にして」

なんだこいつ。西野と同じタイプなのかと嫌気がさしたが、丁寧に話しているのにも限界を感じるほどイラついていたので、乗ることにした。

「ではお言葉に甘えて……って、いうか自分の仕事はいいわけ？」

サブといっても、ＭＤは多忙のはず。こんなところで油を売っていていいはずがない。

「心配してくれるの？」

「してないわよっ！　鬱陶《うっとう》しいからとっとと帰れって……」

そこまで言いかけて、麗香は言葉と足を止める。仮にも上司に、この言い方はない。

追いついた綾瀬が横に並んで立ち止まる。恐る恐る見上げると、なにかを期待するようなキラキラした目でこちらを見ていた。

「な、なにっ？」

「その先は？　なんで言うの止めるの？」

「なんでって……さすがに失礼かなって……」

「そんなことないよ。こっちから〝楽にして〟って言ったんだし、罵倒されるほど気を許してくれたのかと思うと嬉しくて」

「え……？　なに？」

今、変なことを言われた気がする。後半、少し聞き取りづらかったので、麗香の聞き間違いであってほしい。だが、綾瀬はにっこりと意味深な笑みを浮かべて目を細めただけだった。

異様な雰囲気に、綾瀬から一歩後退する。目の下が、ぴくぴくと痙攣《けいれん》した。

この男、私になにを求めているのだろうか？　もしかして、いじめっ子の元同級生だと気付いたのだろうか？　それで復讐《ふくしゅう》してやろうとなにか企んでいる？

いや、まさかね……。

麗香は引きつった顔を無理やり前に向けると、早足で歩き出した。

あの頃の麗香と、今の麗香はあまりにも違う。父親の会社が倒産し、両親は離婚。苗字は榊《さかき》から花木に変わった。

母について東京の実家にやってきた麗香は、色々と苦労した。そのおかげか、自然と瘦せていった麗香に、昔の面影はまったくない。

スレンダー体型にメイクやお洒落《しゃれ》も憶えた麗香は別人だ。昔を知る友達には、整形でもしたようだと言われるほど。

太っていた頃しか知らない綾瀬が、あの麗香だと気付くことはあり得ないはず。

「で、次はどこに行くの？」

内心の動揺を見透かしたような、どこか楽しげな調子の声。横目で見上げると、綾瀬の笑みが深まった。

「私の担当するブランドのお店よ」

麗香は駅前の百貨店に向かった。そこのファッションフロアに、麗香がデザインを担当するブランドが出店している。

対象は二十代後半から三十代前半。合わせやすい定番のシルエットに、華やかさとエレガントさを取り込んだ女性らしいデザインのブランドで、とても人気がある。

店に入ると、麗香の顔を知っている販売員が慌てて頭を下げる。しばらくして奥から店長が出てきた。

「こんにちは、花木さん。今日はなんでしょう？」

来るたびに配置が悪い、見せ方がなってないという麗香に、店長は緊張気味だ。

「そうね……あ、これ新しいサブＭＤだから」

綾瀬から逃げたかっただけで特に用のなかった麗香は、素っ気なく男を紹介する。

さて、どうやってこいつをまくか……。トイレに行くと言って置いていくか。古典的すぎて気付かれるかも、なんて考えている麗香の横で、綾瀬はにこやかに名刺を交換している。女性受けのする甘い顔立ちに、店長の頬がほんのりと色づいた。

綾瀬のソフトな対応に店長の緊張はすっかりほどけ、和やかに会話を始める。さすが元営業というか、口が上手い。これで顔も良いのだから無敵だ。

それにしても、自分に対するときと随分違う。今の綾瀬は爽やかなのに、さっきまではうざったい感じがしていた。

なんだか面白くない。

綾瀬のことが鬱陶しくて逃げたいのに、楽しそうにしているのを見るとイライラする。もしかして嫉妬だろうか……。昔も、綾瀬が女子と仲良くしているとムカついたものだ。

いやいやなにを今更、と首を振って正気に戻る。変につきまとわれているせいで、頭がおかしくなったのかもしれない。

なにか綾瀬の目をくらませて逃げる方法はないか。再び店内に目を戻す。

「こんな可愛いの、お前に似合うわけねーじゃん」

馬鹿にしたような男の声に視線が吸い寄せられる。カップルだろうか。地味な感じの女性が、トルソーに着せられたワンピースを見つめていた。

「……でもぉ、試着だけなら」

「やめろって。笑っちまうだろ」

嘲る言葉に、女性は笑ってはいるが悲しげに眉をひそめてうつむく。遠慮がちに摑んでいたワンピースの裾から、指先が離れた。

それを見た途端、麗香の足が自然と動いた。

「お前、ブスなんだから服のほうが目立っちま……」

「私の服を侮辱するなっ！」

店内に響き渡る声に、男だけでなくみんなの視線が麗香に集まる。

「なっ……アンタ、なんなんだよっ？」

「このブランドのデザイナーよ！」

男はすごんだが、返ってきた麗香の剣幕にたじろぐ。

「私の服はね、どんな女性でも綺麗に見せるデザインなの。美しい人はより美しく。控え目な人は上品で華やかに。だから彼女が似合わないなんてことは絶対にないっ！」

この男は、恋人だけでなく自分の服までけなした。それが心底許せなかった。

「それにね、女の子はみんな磨けば可愛いくなるのっ！　むさくて失礼なことしか言えないような、アンタみたいな馬鹿男とは違うのよっ！」

ブサイクでデブだった過去があるから、麗香は人の容姿をけなす人間が嫌いだった。

あまりに外見を気にかけない人もいる。努力をしないで、夢だけ語る怠け者もいる。自分もかつては、ダイエットをする前から頑張っても無理と言い、ぶくぶくと醜く太っていた。そのことを、今は恥ずかしく思う。

だから綺麗になろうと、その一歩を踏み出そうとしている人を馬鹿にする人間は許せない。その一歩が、本人にとってどれだけ大変で勇気のいることか知っているから。

そして麗香は、その手助けがしたくてデザイナーになった。

「ちょっと店長っ！　これ、この子に試着させるから、サイズ合うの持ってきて」

戸惑う女性の手首を摑んで、試着室へ連れ込む。店長が持ってきたワンピースを、女性に押しつけて言った。

「着てみなさい。自分に自信が持てるようになるから。私はそういう服を作ってるの」

麗香はソファに背をもたせかけ、とてもいい気分でコーヒーの入ったカップを傾けた。

代金を支払ったのは、前に座った綾瀬だ。

一口飲んで息をつくと、麗香は歩き疲れた足をぶらぶらさせヒールを脱いだ。お行儀が悪いと思ったが、店内に人は少なく、目の前にいるのも綾瀬だけ。気取る必要も遠慮もいらない。

ヒールを脱ぎ捨て、テーブルの脚の上に痛みを訴えていた足裏を乗せる。ひんやりして、気持ち良い。

「彼女、似合ってたね」

「当然よ。私のデザインした服だもの」

ふふんっ、と自信満々に顎を上げる。

試着させたあと、店長からスタイリング剤とメイク道具を借り、ワンピースに似合うよう軽く髪型などを整えた。地味な女性だったが、たったそれだけのことで見違えるほど華やかになった。

「でも驚いたよ。あんなに、しっくりくるとは思わなかった。本当に、誰が着ても綺麗になるんだね」

「そういうふうにデザインしてるの。サブのＭＤなら、担当してるブランドのコンセプトぐらい知っておきなさいよ」

少しむっとして返す。自分の技量を疑われていたような気がして、面白くなかった。相手が自分より上の立場だということを忘れて、きつく意見する。

「いや、そうじゃなくて。意外だなと思ったんだ」

不機嫌になった麗香に、綾瀬は苦笑する。

「花木さんは自己主張が強いのに、作る服にそういうアクの強さはないんだなって」

「どうせ……私は性格悪いわよ」

「違う違う。そんなこと言ってないから」

綾瀬はあせった様子で続けた。

「着る人の引き立て役になろうとする、優しい服なんだなって思ったんだ。だけど、服単体では華やかさのほうが際立って、そんな感じには見えないから、驚いたんだよ」

虚を突かれ、心臓が跳ねた。

それは長年、麗香が服にこめてきた思いだったから。誰にも言ったことはなかったし、言い当てたのも彼が初めてだった。

綾瀬の言葉に悪態で返してやろうと思っていた麗香は、調子が狂ってしまった。妙な気恥ずかしさがこみ上げてきて、テーブルに戻したカップの取っ手を指先が無意識に弄る。

微笑む綾瀬がなぜか眩《まぶ》しくて、麗香は視線を泳がせた。さっきまでは、鬱陶しくてキモイ男だと思っていたのに、心臓がおかしな鼓動を始める。

「僕は花木さんのことを誤解してたのかもしれない」

「な、なによ？　誤解って……」

内心の動揺を誤魔化すように、麗香はカップに口を付ける。

「服と同じで、本当は優しい人なんじゃないかな？　デザイナーしてるのも、自分は脇役で、誰かを主役にしてあげたいから……」

「わっ、私はそんなんじゃないわよっ！」

聞いていられなくなって、途中で遮る。

「そんな甘い考えなんてないから！　やめてよ、気持ち悪いじゃないっ……あの子だって、これで今後うちのいい顧客になるかもしれないし。だから、服を売りつけただけ！　勘違いしないでよねっ！」

早口でまくしたて、一息ついてカップのコーヒーを飲みほした。

「そうなんだ。じゃあ、なんでデザイナーになったの？」

あっさり流してくれたことにほっとしたが、にやにやしている綾瀬のことが気になる。

「昔からお洒落に興味があったからよ……女なら普通でしょ」

太っていた頃から、可愛い服は好きだった。けれど自分には着られないと、憧れだけを募らせていた。

「ところで……花木さんって、実家はこっちだっけ？」

「ええ、まあね。母の実家だけど」

「お母さんの？　じゃあ育ったのは違うのかな？　たまに訛《なま》りが入るよね」

「あ……小学生の時に両親が離婚して、途中から東京で育ったの」

余計なことを答えてしまった。内心ひやりとする。

小学校時代、自分を苛めた同級生の女子だと気付いただろうか？

麗香は水の入ったグラスに口を付け、綾瀬の表情を盗み見る。

「そっか、苦労したんだね」

ありきたりな返答に安堵《あんど》しつつも、なにも気付いていない彼にイライラした。これではまるで、気付いてほしいみたいだ。

麗香は水滴の浮いたグラスを引き寄せ、複雑な気持ちで水を一口含む。

「花木さんは、十代の頃からそんな感じなの？」

「どういう意味？」

「昔から綺麗で、お洒落してるの？」

嫌な質問に、思わず顔がこわばる。

「そうでもないわよ……母が離婚してからは、色々大変だったから」

話す必要はないのに、麗香の口は自然と動いていた。

「母と実家に戻ってから、すぐに祖母が体を悪くしてね。介護が必要になったの。祖父はもう亡くなってて……」

年金と少ない貯金だけの祖母との生活は、あまり裕福ではなかった。父は倒産で借金を抱えていたので、慰謝料も養育費も期待できない。

行政からの扶助はあったが、母が働くのは必然だった。働く母が家事や介護をできるわけもなく、また頼れる親戚も近くにいない。当然のように、家事も介護も麗香の肩にのしかかった。学校に行きながら、毎日ひたすら家の中のことをこなしていた。

それまで会社経営の父のおかげでぬくぬくと暮らしていた少女には、かなりきつい現実だった。

今の華やかな麗香からは考えられない過去だ。それを、適当にかいつまんで話した。もちろん太っていたことは黙っておく。

そこを言ってしまったら、あの麗香だとバレてしまうかもしれない。

ちらり、と綾瀬の様子をうかがう。

「本当に大変だったんだね。変なこと聞いちゃってごめん」

少し暗い表情になった綾瀬に、素っ気なく返す。

「私が勝手に話したくて話したんだから、気にしなくていいわよ」

このぶんだと、綾瀬が気付くことはないだろう。離婚で苗字は変わっているし、見た目なんて自分でも昔の写真を見ると驚くぐらい違ってしまっている。

慣れない家事と祖母の介護を必死にやっているうちに、麗香はみるみる痩せていった。倒産や両親の離婚は不幸な出来事だったが、自分を大きく変え世界を広げるきっかけになった。

だから、あまり不幸だとも思っていない。

「じゃあ、花木さんがデザイナーになろうと思ったきっかけは？」

「え……それは」

いつだったろう。視線をテーブルに落として考える。

祖母が亡くなったのは、麗香が高校生になった時。その頃には身長も伸び、今のようなすらりとした体型になっていた。

介護という重労働がなくなり、やっと十代らしい生活ができるようになった。友達もでき、彼氏もできた。

初めての彼氏は、誰もが憧れる学年一のイケメンだった。麗香には身にあまる相手で、なんでこんな素敵な人が自分を選んでくれたのかと、少し不安になった。

その初めての彼氏と初めてのキス、初めてのエッチ……。

グラスを握っていた麗香の手に、無意識に力が入る。

そう、あれからだ……。

若くて恋がしたい盛りだったのと、祖母の介護からの解放感で、麗香は彼氏にのめり込んでいった。けれどのめり込むほどに、最初に感じた不安が大きくなっていった。

この人は、本当に自分なんかでいいのだろうか。痩せはしたけれど、地味でブスなことに変わりはない。もっと可愛い子は周りにたくさんいるのに。なんで私なの？　ねえ、本当に私でいいの？

そんな不安は大きく膨れ上がり、そのうち猜疑《さいぎ》心へと変貌した。恋人はなにも悪くないのに、彼を信じることができなくなった。

心配してくれる恋人に当たり散らし、本当は私のこと嫌いなんでしょうと、何度もからんで困らせた。もう外見というよりも、内面のほうが醜く歪んでいた。

綾瀬を苛めていた時と同じ。醜い自分がイケメンの彼氏の横に並ぶのが苦痛で、怒りをぶつけるようになった。

要するに、麗香のそれは歪んだ好きな子苛めだ。

「……自分に自信がなかったからよ」

「え？」

小さな呟きに、綾瀬が聞き返す。それを無視し、麗香はグラスの水を一気にあおった。

結局、初めての彼氏とは酷い喧嘩《けんか》をして別れた。そのあとも、彼氏ができるたびに同じ過ちを繰り返した。相手がイケメンでなくても、自信のなさから別れてしまう。

そのコンプレックスを解消したくて、麗香は必死になってお洒落やメイク、綺麗になるためのノウハウを学んでいった。

その結果、今がある。メイクをしていればそこそこの美人に見え、デザイナーにもなれて、社会的に自信もついた。

もう、恋人の気持ちを疑ったり、勝手な妄想で責め立てたりすることはないと思いたい。けれど悲しいことに、仕事にのめり込みすぎて、社会人になってからは恋人がいなかった。

きつい性格もあって、社内では怖がられて言い寄ってくる男もいないのが現実だ。

麗香は手の中のグラスを見下ろして言った。

「私はね、世の中の男どもを見返してやろうと思ってデザイナーになったのよ」

プライドの高い麗香は、真実とは逆の答えを綾瀬に返した。なんて高飛車な女だと思われてもかまわない。

綾瀬のことは初恋だったが、もう終わった恋。彼になんと思われようとどうでもいい。ただ、少しだけ胸が痛んだ。

「どお？　嫌な女でしょ。だからもう私にかまわないで。放っておい……」

「実に素晴らしい」

「へ？」

遮るように返ってきた言葉に、麗香は呆《ほう》ける。

「僕は、そういうのを求めていたんだ。お店であの男を怒鳴り付けたときもゾクゾクした」

この男、なにを言っているのだろう？

理解できなくて表情が凍りつく。すると綾瀬は、麗香の手を取り両手で握りしめる。生温かい手の感触が、少し気持ち悪い。

そしてうっとりした表情で言った。

「僕は君にひれ伏したい」

麗香の全身の血がサアーッと引いていった。視界が暗くなって後ろへひっくり返りそうなほど、拒絶反応が起こる。

よくわからないけれど、この男は変だ。本能的な危険を感じ、綾瀬の手を振り払うとバッグを持ってソファから立ち上がった。

「花木さん？」

「ひれ伏すな！　踏みつけるわよっ！」

「光栄だよ……！」

けなしたつもりで言い返したのに、綾瀬はというと感動にうち震えている。ちょっと目も涙で潤んでいるではないか。

ゾッとして、麗香は店を飛び出した。

「花木さーん！　待って！」

追いかけてきた綾瀬の声に早足になる。なのに脚の長さが違うせいか、あっという間に追いつかれ腕を摑まれた。

「な、なによっ！」

「忘れ物」

綾瀬はそう言うと麗香の前に回り込み、唐突に跪《ひざまず》いた。

「きゃっ、ちょっとなにっ！　本当に踏みつけたりなんてしないわよっ！」

「それは残念。僕はいっそ君の靴になりたい。中敷きでもいい」

綾瀬は本気のような台詞を冗談めかして言うと、持っていたものを麗香に差し出した。

「あっ！」

さっき店内で脱ぎ捨てたハイヒール。

頬が熱くなる。靴を忘れて店を出るなんて、どれだけ動揺していたのか。

恥ずかしい。こんな間抜けな姿を、よりにもよって綾瀬に晒《さら》すなんて最悪だ。

「忘れ物ですよ。シンデレラ」

芝居がかった調子で言うと、綾瀬の掌がストッキングに包まれた膝裏からふくらはぎを撫で下ろす。這《は》い上がってきた甘いくすぐったさに、麗香はひっと小さく喉を鳴らし、反射的にかかとを跳ね上げた。

大きな手が、かかとを包み込んで持ち上げ、すっと立てた膝の上に乗せる。麗香はそれを呆然《ぼうぜん》と見下ろす。

胸がドキドキする。さっきまでの恐怖とは違う、甘酸っぱい高鳴り。

だが、それに水を差すように、脛《すね》に湿った感触が這った。

「ひぃっ！」

小さく悲鳴を上げ、反射的に脚を引っ込めようとする。が、がっちりとふくらはぎを掴んだ彼の手は力強かった。

「なななななにしてるのっ！」

あろうことか、綾瀬はストッキングの上から麗香の脚を舐《な》め上げていた。脛《すね》から膝へと到達すると、官能を抑えられないような表情で膝の皿を甘嚙《あまが》みする。

「やぁ……ッ」

皮膚が薄く神経の集まった膝裏を、綾瀬の指先が嬲《なぶ》るように撫でる。逃げようとしていた麗香の脚から力が抜け、その場にへたりこんだ。

「ちょっ、やめ……てっ」

制止する声は小さく、震えていた。聞こえていないのか、綾瀬は一心不乱に麗香の脚を愛撫《あいぶ》している。

膝裏を弄んでいた手は、かかとを包み込むように撫でて足裏を揉《も》む。脛に吸い付いていた唇は、足の甲に口付けて、つま先に到達していた。

白昼堂々、道端だというのになんてことだろう。ちょうど人通りがないからいいようなもので、見られたら通報される。

痴漢か？　それとも猥褻《わいせつ》物？　誰が？

変なことで悩んでいる間にも、綾瀬の愛撫は止まらない。綾瀬の指が、足の指を押し開き、その隙間に舌先を捻じ込んでくる。唾液で濡《ぬ》れたストッキングは肌にからみ付き、ぬちゅぬちゅと卑猥《ひわい》な音を立てる。

気持ち悪いのに……。いけないと思うのに、麗香の体は疼《うず》いた。

舌先が、指の股を舐める感触に息が乱れて肌が粟立つ。こんな場所に性感帯が潜んでいたなんて、今まで知らなかった。

上から舌で濡《ぬ》らされ、下から男の指が突き上げる。ストッキングの隔たりが邪魔で、その膜を突き破って、もっと奥まで犯してと懇願してしまいそうになる。

倒錯的な感覚に溺れ、抑えていた声がこぼれそうになったそのとき。

「ああ、麗香ちゃん……ずっとこの脚にこうしたいと思っていたんだ」

綾瀬のこがれるような呟きに、麗香の熱が引いた。

「なんで……その呼び方っ？」

「え？　だって、同じ小学校にいた麗香ちゃんでしょ？」

うっとりとした表情で返された途端、すべてを悟った麗香は近くに転がっていたハイヒールを摑んで、それで綾瀬の頬を力任せに殴り飛ばした。

やりすぎたかと思ったが、彼は陶然とした表情で叩かれた頬を押さえて言った。

「もっと……」

うっとりとした声に、選択を誤ったと瞬時に察した。

「こっ、この変態っ！」

麗香はバッグとハイヒールの片方だけひっつかんで、今度こそ裸足で逃げ出したのだった。

3

「花木さん。これ、昨日のお詫《わ》びね」

昼休み。逃げ回っていた麗香は、半ば物置と化している資料室でとうとう綾瀬に捕まった。

差し出されたのは靴を入れる化粧箱で、綾瀬がフタを開けると中には最低でも三十万円はするであろうブランド物のパンプスが入っていた。

「昨日の私の靴は？」

麗香が昨日履いていた靴は、高価な物ではないがお気に入りだった。あのあと、綾瀬に追いつかれたくなくてタクシーに飛び乗り、ほっとしてから片方だけしか持ってこなかったことに落胆した。

綾瀬は貼り付いた笑顔のまま言った。

「ああ、あの靴はね……ちょっとね。色々と」

なにをした？　そう問い詰められたら、どんなに幸せだろう。恐ろしくて、聞けない。

麗香は死んだ魚のような目で、箱を突き返した。

「いただけません」

気持ち悪いので――。その言葉は飲み込んだ。

「遠慮しなくていいのに。きっと花木さんの美脚にしっくりくると思うんだ」

綾瀬の目が中空を見つめる。その瞳が夢見るように潤んでいた。

なにを妄想しているのか……。もちろん怖くて聞けるわけがない。

箱の中のパンプスを見下ろし、やっぱり絶対に受け取れないと思った。このぶんだと、プレゼントする前になにかしている可能性がある。

油断できない。

「じゃあ、用がそれだけなら失礼します」

まだうっとりしている男を押しのけ、麗香はドアに向かった。同じ空間にいると、またなにをされるかわからない。

「ああ、待って。昨日はあれから大丈夫だった？　具合悪くなったって聞いたけど」

ああ、と麗香は嘆息する。

タクシーに飛び乗ったあと、麗香は体調が悪くなったので早退すると会社に連絡し、帰宅した。だが、悪かったのは体調ではなく精神状態だ。

いくら気持ち良かったとはいえ、あんな道端で真昼間に感じてしまった自分が恥ずかしくて死にたくなった。危うくアブノーマルな性癖にまで目覚めるところだった。

「もう大丈夫ですので、気にしないでください」

冷淡に返し、そそくさと資料室をあとにした。綾瀬が追いかけてくる気配はない。さすがに会社内でなにかする気はないようだ。それに、これから繁忙期に入る。綾瀬も麗香にかまっている余裕はないだろう。

むしろ、もうかまわないでほしかった。

「まさか……この脚からバレるとは思わなかったわ」

麗香はマーメイドラインのスカートから伸びる自分の脚を見下ろし、重く息を吐いた。

昨夜一晩考えて、その答えにたどり着いた。麗香は子供の頃太ってはいたが、なぜか脚だけは細かった。体の中心に肉が付くタイプで、腕もそんなに太くなかったので、そういう体質らしい。

昔から脚だけは美脚だと褒められていた。

綾瀬は、多分脚フェチなのだろう。いつからかは知らないが、麗香の脚を憶えていて、いじめっ子の元同級生だと気付いたのだ。

それからカフェでの会話。あれは、麗香が同郷であることを探って、確認する会話だったに違いない。

それにしても、綾瀬はどうしたいのだろう？

いつから気付いていたのか知らないが、なぜ麗香につきまとってかまっていたのか。それと昨日の醜態。

まさか、苛められたことを恨んでいて、辱めたかったとか？

それとも、単純に脚フェチの衝動が抑えられなかっただけか？

どのみち、チーフデザイナーの地位を人質に関係を迫られたら、麗香は逆らえないかもしれない。

「……でも、気持ち良かったし」

ふとこぼれた心の声に、麗香はあせる。

「な、なに言ってるのよ私ってばっ！」

昨日の快感がよみがえり、体の中心がざわついた。思い出してはいけない。

そう思うのに、麗香はこみ上げる甘い疼きに濡れた溜め息をもらした。

＊　＊　＊

繁忙期に入り、麗香は苛立っていた。さすがに綾瀬からのちょっかいは減ったが、隙があれば一緒に食事やお茶をしたがる。

もちろん適当にかわしたり、無視したりしている。あの一件以来、綾瀬と二人きりになるのが怖い。

だが、いくら誘いを断っても仕事場は一緒。ふとした拍子に綾瀬の視線を感じて、麗香は小さなストレスを溜めこんでいた。

綾瀬の舐め回すような視線が、特に脚にからみ付く。熱っぽい目が、愛撫するように脚の上をいったりきたりして、妙なプレッシャーをかけてくる。

落ち着かなくて、仕事ではらしくない小さなミスを連発していた。そんなとき、またあの営業、西野が麗香の神経を逆撫でした。

「なにやってんのよ、馬鹿っ！」

綾瀬からのプレッシャーと寝不足で、ストレスがピークだった麗香は、ヒステリックに怒鳴り散らした。発注のメールを書いている最中に、西野がコードに脚を引っ掛けてパソコンの電源を落としてしまったのだ。

大したミスではない。またパソコンを立ち上げて、書き直せばいいことだ。そうとわかっているのに、一度昂《たかぶ》った感情をコントロールできない。

「なんでアンタはいっつもそうなのよっ！」

「ごめんっす！　謝るから許してくださいよぉ～」

西野は手を合わせ、へらへらしながら頭を下げる。実に不誠実だ。

「アンタはっ、謝罪ぐらいまともにできないわけっ！」

「あ～、怒りすぎると皺が増えますよ～」

我慢できなくなって、思わず西野の脛を蹴り上げる。

「いてっえええっ！」

手加減はしたので騒ぐほどではないはずだ。なのに西野は、脛を押さえてうずくまり、オーバーに痛がって床を転がる。それを見て麗香の苛立ちはさらにひどくなり、気付くとキーボードを手にしていた。

「やめなさいっ！」

振り上げた腕と、キーボードを後ろから掴まれる。背後に綾瀬が立っていた。

いつもの優しい笑顔ではなく、厳しい上司の顔つきだ。

「花木さん、さすがにやりすぎだから。西野さんも、あおるようなこと言ったりやったりしないで」

聞いたこともない冷たい声に、麗香の腕から力が抜ける。綾瀬はキーボードをデスクに戻すと、氷のような目で麗香を見下ろした。

「ご……ごめんなさい」

「謝るのは僕にじゃないでしょう?」

顎をしゃくって、謝罪するよう促される。麗香は真っ青になりながら西野に頭を下げた。「いや、俺もすんませんでした」と彼も謝罪を返してくれた。

「少し頭を冷やしたほうが良さそうだね。花木さんは、空いてる会議室で休憩取って」

「え……でも、仕事が」

「発注なら誰かに任せてもいいことだよね」

その通りなので、反論できない。黙っていると、視線で出て行けとドアを示された。

「休憩行ってきて。これ、上司命令だから」

普段、温和で優しい綾瀬の有無を言わせぬ態度に、麗香はなにも言えず、肩を落としてデザイン室を出た。


よく仮眠に使用されている会議室が空いていた。麗香は結んでいた髪をほどき、電気を消して並べた椅子に横になる。

ブラインドの隙間からもれる夕陽が、少し眩しい。このまま寝たら、起きるのは夜中になってしまいそうだ。携帯電話のアラームを二時間後に設定し、テーブルの上に置いた。

脚フェチで変態で、いつもニコニコしている綾瀬に怒られたのは驚いた。上司としての権力をかざされたのもショックだった。

胸がじくじくと痛み、体がとても重い。なんで、こんなにぐったりしているのだろう。綾瀬にかまわれることが普通になり、冷たくされたことが余程こたえたのだとしたら、そんな自分に幻滅だ。

「きっと疲れているせい……疲れてるだけよ」

そうブツブツと繰り返しながら目を閉じた。しばらくは悶々《もんもん》としていたが、やっぱり疲れていたのか深い眠りに落ちた。

どれぐらいたったのか、ふと意識だけが浮上した。薄く目を開くと、部屋が暗い。あ、日が落ちたのかと窓へ視線だけを動かす。

下りていたはずのブラインドが上がっていて、電気を落とした室内は隣のビルからの灯りで薄暗かった。しかも足元でなにか動いている気配がする。

あ、誰かいるのかと思ったが、体が重くて動かない。ぼんやりと窓を見つめていると、気配が動いた。足元の人物が体を起こし、その手がスカートの中に侵入してきた。

「ひぃ……ッ！」

さすがに驚いて飛び起きる。心臓が跳ね上がり、声が喉に張り付く。

スカートの上から、侵入してきた手を押さえる。じわりと汗が額に浮き、全身を緊張させて足元の大きな影を凝視した。

「なっ……綾瀬っ」

「おはよう。寝ててもいいのに」

冗談じゃない。寝ている間に、なにをするつもりだ。

「やっ、やめっ」

びっくりしすぎて声が出ない。がくがくと顎が震える。

「安心して、変なことしようってわけじゃないから」

いや、どう見ても変なことをしている。そもそもスカートに手を入れている時点でアウトだ。

麗香はふるふると首を横に振った。

「酷いな。信用してよ……脚をマッサージしてあげようと思っただけなのに」

「な、なんでそんなことっ」

やっと言葉になったが、声は上ずって聞きとりにくかった。

「疲れてる部下を労わろうという気持ちだよ」

「結構ですっ。気持ちもいりませんっ」

「遠慮しなくていいのに。僕、リフレクソロジーにはちょっと自信があるんだ」

「そんなに自信あるなら、部下のスカートに手なんて突っ込まないで転職しろっ！」

「過去にそれも考えたんだけどね。興奮しすぎて仕事にならない可能性があるからあきらめたんだ」

酷く残念そうな綾瀬に、どん引きした。

よく見ると、麗香の足の下にはバスタオルが敷かれていた。床にはなにかのボトル。その視線に気付いた綾瀬が、やたら爽やかな笑顔を浮かべた。

「マッサージオイルだよ。変なオイルじゃないから」

「当たり前だっ！　てか、なんでマッサージオイルがここにあんのよ」

「こんなこともあろうかと、常備しているんだ」

どんな事態を想定して出勤しているんだ。用意周到にもほどがある。

あまりのことに唖然《あぜん》としていると、スカートの中の手が動いた。

「やっ！　やめてっ！」

「そんなこと言われても。ストッキング履いたままじゃ、オイルマッサージできないよ」

「するなっ！」

「まあまあ、恥ずかしいのは最初だけだから」

なだめるつもりなのか、猫撫で声が気持ち悪い。その声とは裏腹に、綾瀬の手は強引だった。

抵抗する麗香の手をひとまとめに拘束し、素早くストッキングを脱がせてしまう。その上、拘束した手首をネクタイで縛り、椅子の上に押し倒す。脚の上に跨《また》がって、暴れられないように圧し掛かってきた。

「ちょっ、やだっやめなさいよっ！」

「じゃあ、大人しくしてくれないかな？　暴れると施術できないだろう」

日本語が通じていないことに愕然としているうちに、頭上で手首を椅子に縛り付けられる。

「やだっ、外してっ！」

力任せに引っ張ると、体が乗っている椅子がガタガタと揺れた。

「危ないよ。倒れたら怪我するから、大人しくして」

はい、そうですかと納得なんてできない。だが、椅子ごとひっくり返るのも怖くて、抵抗するのも戸惑う。睨み付けると、やっていることはえげつないというのに、キラキラした澄んだ目で見つめ返された。

「だから変なことはしないから。マッサージするだけだから、そんな怖い顔しないで」

そう言いながら、脱がせたストッキングを懐にしまう。言っていることとやっていることが矛盾しすぎている。

「ちょっと、それっ」

「ん？　なに？　新しいストッキングなら社内にいくらでもあるから大丈夫」

たしかに、自社ブランドのストッキングがあるので、一枚ぐらいなら拝借できる。だが、問題は替えではなく、脱がせたストッキングのその後の用途だ。

想像しかけてやめた。考えたくもない。ストッキングはあきらめよう。

「もうっ、いいから外してっ！　マッサージなんてされたくないし、もう目も覚めたから仕事にもど……ッ！」

膝に走った冷たさに、ひっ、と喉が鳴る。マッサージオイルがとろりと流れ、膝裏に到達してバスタオルを濡らす。

「冷たかった？　冷蔵庫で冷やしておいたんだ」

わざとだ。なんでわざわざ冷やすなんて手間を……。

そのとき見上げた綾瀬の瞳が、外のビルの光を反射して輝いていた。目だけ笑っていない。

「怒ってる……？　なんで？」

綾瀬の笑みが深くなり、麗香の背筋がざわついた。

「やっと気付いたんだ。そうだよ怒ってるよ」

「西野に当たり散らしたこと？　でも、謝ったでしょ。仕事に支障もないことだし……」

「わかってないな」

綾瀬が気だるげに息を吐く。艶のある表情に、自分の置かれた状況も忘れてどきっとした。

「仕事のことなんてどうでもいい。問題なのは、あいつを蹴ったことだ」

「え……？」

綾瀬の美しい顔が、醜く歪んだ。

「なんで僕を蹴ってくれないの？」

なにを言っているのだろう……。目を丸くする麗香の膝を、オイルを伸ばすように綾瀬の手が撫でる。くすぐったさに、びくっと脚が跳ねた。

「ずっと待ってたのに……君につきまとって嫌がられて、怒りを買って蹴られようって待機してたんだよ。それなのに、なんであんな男を蹴るんだよっ！」

まさかと思ったが、蹴られた西野に嫉妬しているらしい。しかもつきまとっていた理由が、怒りを買うためだなんて……。理解できない。

「昔の麗香ちゃんは、よく僕のことを蹴ってくれたよね」

「それを恨んでるの？　だからこんなこと……ひゃっ」

膝を撫でさすっていた手が裏側に滑る。膝裏の筋を指先でやんわりと押され、麗香は甘い声を上げた。

「恨む？　なんで？」

「ンッ……じゃあ、どうしてこんなことっ」

「麗香ちゃんにそんなこと聞かれるなんて、傷付くよ」

綾瀬はふっと、悲しそうに微笑む。

「もう気付いてると思うけど、僕は脚フェチなんだ。それもその脚で蹴られたり踏まれたり、虐げられると興奮するタイプのフェチだ」

性癖を淡々と語る綾瀬は、普段の優男な雰囲気はどこへやら、妙な威圧感があった。

「そ、それと昔のことがどう関係あるのよ？」

「わからないの？　本当に鈍いな。麗香ちゃんが、僕のことを虐めてくれたからだよ」

にいっと口角を吊り上げる綾瀬に、麗香はぞっとした。

「私のせいだって言いたいの……？」

「そうだよ。毎日のように君は僕に因縁つけてからんで、特によく蹴ってくれたよね。この綺麗な脚で」

うっとりと、潤んだ目で麗香の脚を見下ろし撫でる。まるで宝物を慈しむような手付きに、体が震えた。

興味があるのは脚だけだとわかっているのに、愛しげに細めた目で見つめられると、妙な気分になってくる。脛を指先で、つうっと撫で下ろされ、這い上がってくる甘い痺《しび》れに胸が締め付けられた。

まるで恋にでも落ちたかと勘違いしそうになる。

もれそうになる声を、唇を噛んで我慢する。今、口を開いたら媚びるような声が出てしまう。

「麗香ちゃんは、僕が女の子と仲良くするたびに虐めてくれたよね」

気付かれていたことに、びくっと体が震えた。それを見て、綾瀬は楽しげに喉を鳴らした。

「怯えてるの？」

脚を恭しく持ち上げられ、膝に口付けられる。いつの間にか、椅子に座った綾瀬の膝の上に脚は乗せられていた。

もう圧し掛かられていないのだから、暴れることもできるのに、撫でられるまま抵抗できなかった。それどころか、オイルのぬめりを借りた愛撫に体が疼き始める。

「最初は麗香ちゃんのことが怖かった。どうして僕ばっかり苛めるんだろうって。なんで蹴るんだろう。こんな酷いことやめてほしいって……」

艶めいた溜め息をついて、綾瀬は持ち上げた麗香の脚に頰ずりする。肌にかかる男の息が熱い。つられて麗香の息も乱れだす。

「なのに気付いたら、そうされることに快感を覚えるようになっていた。特にこの綺麗な脚で蹴られ、踏まれると、体が痺れるように気持ち良くなって、もっとしてもらいたいって思うようになったんだ」

綾瀬が我慢できなくなったように、脚に舌を這わせながらしゃべる。ふくらはぎを甘嚙みし、熱っぽい吐息で愛撫する。

麗香はその刺激に、狭い椅子の上で腰をくねらせた。脚の付け根の内側、まだ触れられていない恥部がじんじんと熱を孕んで痛む。

「だからね。最後のほうは君に虐められるために、わざと女の子と仲良くするようになっていたんだ。知らなかったでしょ?」

その告白に、体の奥がずくんっと跳ねた。疼痛を訴えていた恥部が、内側から蕩けるように開いて蜜をこぼす。

なんでこんなことで感じているのだろう。心臓がとくとくと甘く脈打って、愛の告白でもされたような高揚感に包まれる。

「でも子供だったから、なんで気持ち良くなるのかわからなかった。それから君が転校して、僕を虐げる人間がいなくなって苦しかった」

「あっ……ひぁッ！」

苦渋の表情で、綾瀬は吸い付いていたふくらはぎを強く甘噛みした。痛みと快感に、麗香はとうとう声をもらす。

誘うような、欲に濡れた悲鳴だった。

「それからは、同じ快感をくれる相手を探しまわった」

声が暗く低くなった。

「でもね。駄目だった……どんなに罵られ、蹴られて踏まれても、物足りない」

おもむろに綾瀬が立ち上がり、脚が乗った椅子を一脚どけた。膝がかくんと折れ、麗香の足裏が床につく。

その足元に、綾瀬が跪いた。

「麗香ちゃんの、この脚じゃないと駄目だって気付いたんだよ」

恍惚とした声がして、膝頭に口付けられた感触がした。横たわっている麗香からは見えない。けれど見えないせいで、余計に神経が過敏になる。

「ああ……こうやって下から見上げるアングルが特にいい。おかげであのとき、我慢できなくなった」

白昼堂々、道端で襲ってきたときのことだろう。見えないけれど、聞こえてくる息遣いで、綾瀬が酷く興奮しているのがわかる。

「正直、君のことを恨んだこともある。こんな性癖に目覚めさせておいて去るなんて……焦燥感に耐えられないときは気が狂うかと思った。他の人間では代用がきかなくてね」

ぬちゅり、とオイルがぬめる音がして、綾瀬の手がふくらはぎを撫で下ろす。アキレス腱を指で挟《はさ》み、優しく上下に揉みほぐした。

気持ち良いのに、その中に潜む淫らな欲望に麗香は追いつめられる。

「でも、やっと麗香ちゃんに巡り合えた。もう、逃がさないよ」

濡れた吐息が脛を滑り降り、足の甲にキスを一つ落とす。

「僕をこんな男にした責任を取ってもらうからね」

甘く蹂躙され、力の入らなくなった脚をすくい上げられる。つま先が、生温かい口中に含まれ、舌がからまる。

指、一本一本に丁寧に舌をからめ、吸い付く。この間のように、邪魔するストッキングがないせいで、深く奥まで舌が到達する。

ちゅぱちゅぱと、飴玉を舐め回すような音が室内に響いた。オイルのせいもあって、濡れた音が大きく聞こえる。

「んぅ……ッ、いやぁ。そんな、舐めないでっ」

卑猥な音に耳まで犯される。恥ずかしさに首を振ると、的外れな答えが返ってきた。

「大丈夫。舐めても問題ないオイルだから」

舐めること前提でオイルを用意するなんて。綾瀬の徹底した変態ぶりに呆《あき》れる。けれど自分のせいで、初恋の男がここまで狂ったのかと思うと、優越感で体の奥がじんわりと濡れた。

「あぁっ、もぉ……ッいやぁ」

脚だけの愛撫では物足りなくなってきた。濡れて疼痛を訴える恥部に、麗香は腰を揺らす。無意識に内股を擦り合わせ、誘うような喘《あえ》ぎ声で名前を呼んだ。

「綾瀬ぇ……っ」

「もう我慢できない？　脚だけなのに……感じてるんだね。嬉しいよ」

綾瀬の興奮した息遣いが聞こえる。

「ねえ、麗香ちゃん。付き合おう。もうこの脚を、他の男に触らせたくない」

少し切羽詰まった声で、足の甲に綾瀬が頬ずりした。

「麗香ちゃんも昔、僕のことが好きだったよね。だから虐めてた。また、同じように虐めてくれないかな？」

脚フェチなこの男は脚だけが目的で、麗香自身を好きだと言っているわけではない。そうわかっているのに、綾瀬の変態的な愛の告白にうっとりする。自分まで、おかしくなってしまったようだ。

麗香は、すっと脚を振り上げた。油断していた綾瀬の顎が、足の甲に蹴り上げられる。

「うっ……はぁ、あッ！」

恍惚とした呻《うめ》き声がした。見えないけれど、綾瀬が悦んでいるのがわかった。

そして快感を味わっているうちに、麗香は彼への想いを自覚した。綾瀬も同じような気持ちなのかもしれない。

「麗香ちゃん……もっと」

「ウザいわね。嫌よ」

熱がこもり上ずった声で突き離す。それにさえ悶《もだ》えている気配がした。

「つべこべうるさいわね。自分ばっかり気持ち良くなってんじゃないわよっ」

また脚を振り上げる。今度は横っ面を引っ叩いてやった。

小気味良い音がして、なぜか麗香は興奮した。嗜虐《しぎゃく》心か、それとも支配欲か。

よくわからないけれど、いつも自信のなさが災いして恋人と別れてしまう麗香に、変態的な性癖を持つ綾瀬はうってつけなのかもしれない。不安になって当たり散らしても、彼なら喜んですべて受け止めてくれそうだ。

いや、受け止めるどころか、ご褒美に違いない。

「麗香ちゃん……」

恍惚とした声がして、綾瀬が脚に縋《すが》り付いてくる。それを振り払って、蹴り倒す。

「もっとしてほしいなら、先に私を気持ち良くしなさいよね。この変態っ！」

罵ると艶っぽい溜め息が聞こえ、綾瀬が立ち上がった。

「いいんだね……しても？」

やっと見えた綾瀬の顔が、官能に染まっている。麗香に跪いて脚を舐めていたくせに、その目は性欲にまみれた男のものだった。

「くどいわよ」

睨み付けると、限界だったのだろう。麗香のスカートをたくし上げ、手早くショーツを脱がせて脚の間に体を割り込ませる。

「なにもしてないのに、こんなに濡れてるなんて……」

そう言うと、綾瀬はズボンの前をくつろげて、取り出した熱塊を蜜にまみれた入り口に押しこんだ。

ぐんっ、と入ってくる硬い感触に子宮が甘く震える。気持ち良さに息が乱れ、体がとろける。綾瀬もいいのか、すべて挿入しきると息を詰め、動きを止めている。それがもどかしい。

「綾瀬……っ！」

動け、と命令するように彼の腰に回した脚で背中をばんっと叩いてやった。

「はっ……あぁ、麗香ちゃん。それ、いい」

「この変態っ！　よがってんじゃないわよっ」

蹴られて気持ち良くなっている綾瀬を罵る。それにも感じるらしく、鼻息を荒くした。

「はぁ、はぁ……やっぱり、麗香ちゃんはなにもかも理想的だ」

うっとりとこぼすと、綾瀬は動きだした。折り曲げた麗香の膝を甘嚙みしながら、腰をがくがくと揺らして激しく抽挿する。

「あぁ、あぁぁっ……！　いやぁ、ンッ！」

思ってもいなかった激しい攻めに麗香は身悶える。手首の拘束をといてもらうのも忘れて、快楽を追う。

ぬちゅぬちゅと、中を行き来する卑猥な音が部屋に響く。繫がった蜜口をこすられると、子宮がきゅうっと収縮しては甘く痙攣する。

「ひゃぁ、あぁぁんっ、やぁ……ん、あや、せっ！」

「麗香ちゃん……、好き。好きだよッ」

速くなる腰の動きに合わせて、麗香の熱も昂ってくる。社内という背徳的なシチュエーションにも興奮して、一気に上りつめる。

「ひっ……アァッ！」

ずんっ、とより深く最奥を突かれて繫がった場所がきつく締まる。その締め付けに逆らうように、綾瀬が腰を引いて繫がりを抜く。なんで、と思っていると太腿《ふともも》と膝がねっとりと濡れる感触がした。

「はっはぁ……ごめん。こっちにかけたくて……」

つうっ、と膝から白い液体がしたたる。

別に嫌ではない。ゴムを装着してないので、中で出されると処理に困るし、これから帰宅するのに下着が濡れたら気持ち悪い。避妊に関しては、なにかあったら無理やりにでも責任を取らせるつもりだ。

ただ、わざわざ脚にぶっかけてきた綾瀬に、なんとも言えない気持ち悪さを感じて怒鳴りつけた。

「このっ、変態っ！」

ついでに濡れた脚で腹を蹴りつけてやると、綾瀬は甘い悲鳴を上げながら椅子から転げ落ちたのだった。

＊　＊　＊

「じゃあ、よろしく」

綾瀬は、仕事の質問をしてきた女性社員に手を振る。彼女の姿が廊下の角を曲がって消えるまで。

女性は曲がる時に、ちらりとこちらを振り返りにこっと笑って会釈した。それに、いつもの優男風の笑顔で返す。

もしかしたら、自分に気があるのかもしれない。仕事の質問も、別に綾瀬に聞かなくてもいい内容だ。

こういうことは、昔からよくあった。容姿や柔和な雰囲気のおかげで、女性から迫られることは多い。男として嬉しいことなのだろうが、慣れきってしまっている綾瀬には物足りなかった。

自分に好意だけを寄せるような相手では、もうつまらない……。

背中に突き刺さる視線に、綾瀬は表情を隠すようにうつむいて口元を手で覆う。さっきとは違う、にやにやした笑いを堪えるのが難しかった。

自分の部屋は逆方向だというのに踵《きびす》を返し、殺意さえ感じる視線の先に向かって歩く。何食わぬ顔で視線の主の前を通り過ぎようとした。だが、ぬっと伸びてきた手に腕を掴まれ、物陰に引きずり込まれた。

「なに、へらへらしてんのよ？」

怒鳴りたいのを抑えた刺々しい声に、綾瀬の中の欲望が疼き出す。

「そんなに女にモテて嬉しいわけっ」

ばんっ、と後ろからふくらはぎを蹴られ、パンプスの先で靴先をぐりぐりと踏みにじられる。今朝、磨いたばかりの革靴が、彼女の靴底に汚されていく。

じわじわと効いてくる痛みに、興奮で体温が上がる。

「麗香ちゃん、それって嫉妬？」

喜びの混じった声に返事はなく、代わりに近くの空き部屋の中に突き飛ばされる。パンプスのつま先で膝裏を蹴られ、床に倒れる。

背後でドアが閉まる音がして、背中にずんっと重みを感じた。

踏みつけられている。麗香の脚で……。

床に顔を伏せたまま、今すぐにでも襲いかかりたくなる衝動に堪える。その脚に縋り付いて、舐め回して、匂いをかぎたい。

想像しただけで息が乱れた。

「なんなのよっ！　責任取れとか言ったくせに、他の女にも愛想振りまいて！　あの女にも蹴られたい？　綺麗な脚だったものね。こうやって踏まれたいわけ？」

スーツの背中を、これでもかと踏みにじられる。きっと痕になっているだろう。それさえも、綾瀬にとってはご褒美だった。

「い、痛いよ……麗香ちゃん」

本当は嬉しいのに、そう言って振り返り彼女を見上げる。綾瀬の背中に乗っていた脚が、肩に移動する。

きゅっと締まった足首に、適度に引き締まったふくらはぎ。丸くて形の良い膝から、スカートの中へと吸い込まれていく張りのある太腿のライン。ここから見上げたアングルは最高だ。

そして蔑むような視線の中に隠された嫉妬と、自信のない揺らめき。完璧だ。綾瀬がずっと求めていたものが、麗香の中にはすべてある。

ごくりっ、と綾瀬は喉を鳴らした。

「ごめんね。麗香ちゃん……もうしないから」

自分を踏みつけていた脚に縋り付く。抱きしめて頬ずりし、芳しい匂いを胸いっぱいに吸い込んで、その膝に口付けた。

彼女は知らないだろう。脚だけでなく、麗香のすべてに綾瀬が執着していることを……。

脚だけなら、もっと綺麗なものはいくらでもある。形だけで興奮できる美脚も知っている。けれど、それだけでは綾瀬は満たされない。

その脚を持つ人間の中に、自分を求めて激しく燃える感情がないと駄目だ。誰彼かまわず蹴りつけるような、そんな節操のない脚は求めてない。

麗香の脚には激情がある。初めて綾瀬を蹴った子供の頃から、どろどろとした感情が内包されていた。

だから綾瀬をこんな性癖に目覚めさせた。執着させ、後戻りできなくさせたのだ。

「麗香ちゃん、好きだよ」

彼女にひれ伏して、そのつま先にキスをした。屈服する快感と愛しさをこめて……。

第2章　舐《な》めて、跪《ひざまず》いて、愛しなさい。

1

「足コキしてほしい……」

　恋人の口からこぼれた真剣な願いに、花木麗香は手にしていたカクテルグラスを落としそうになった。

　場所は外資系高級ホテルのスカイラウンジ。落ち着いた雰囲気の店内は暗く、天井からの照明はほとんどない。代わりに濃紺の床が星空のようにキラキラと光を放ち、カウンター席に並んで腰かけた二人の目の前には、都会の宝石のような夜景が広がっている。

　透明なアクリル製バースツールに座ると、まるで星空に浮いているような錯覚を起こし、くらりと目眩《めまい》がする。ここで口説かれたら、雰囲気に飲み込まれてどんな言葉にも頷《うなず》いてしまうだろう。

　それなのに、このムードをすべてぶち壊すような台詞を吐くのか。いや、この脚フェチの恋人――綾瀬正也にとってはロマンチックな願い事なのかもしれなかった。

「ふぅん……そんなことでいいの。安上がりな男ね」

内心動揺していたが、麗香はなんでもないふうを装う。脚を組み変えて、栗色の巻き毛をかき上げ、見下すように顎をツンと上げる。

なぜ、こんな話になったのか。数分前、綾瀬が「今日、僕の誕生日なんだ」と言ったことから始まる。

恋人の誕生日を知らなかった麗香は少しだけあせったが、そんなことはおくびにもださず、高飛車な態度で「そう、なにか欲しいものある？」と返した。その結果がこれだ。

聞かなければよかった……。

綾瀬のことだから、無視してしまっても問題はない。むしろ悦んだかもしれない。この恋人は、脚フェチだけでなくマゾ的な性癖も持っているからだ。

けれど、高飛車に見えてそれなりに常識的な麗香は、恋人の誕生日を普通に祝いたかった。それなのに……どうして、こうなるのか。

麗香の返事に、目の前の変態——いや、恋人は目を輝かせ、うっとりとした表情でこちらを見つめている。なまじ容姿が整っているだけに、そんなに情熱的に見つめられたら心臓が甘く跳ねてしまう。

だが、求められているのは「足コキ」だ。

「麗香ちゃん、してくれるんだね」

「当然じゃない。その程度のこと……」

つい、強気で返してしまったが、麗香は非常に困っていた。

恍惚とした目をした恋人は、カウンターにホテルのカードキーをそっと置く。これから部屋に行こうと誘ってくる。

その期待が重い。

耐えられなくなって、綾瀬から視線をそらす。このまま部屋に行くには、準備が万全ではない。

変にプライドの高い麗香は、恥をかくのが嫌だった。特にこの脚フェチでマゾ属性のある恋人の前で、うろたえる姿なんて見せたくない。弱い自分を見せたら、愛想をつかされるのではないか……。最近はそんな不安を抱えていた。

「麗香ちゃん、行こうか?」

エスコートしようとする綾瀬の手を振り払い、麗香はバースツールから一人で降りた。

「その前にトイレに行ってくるから、ここで待ってなさい」

わざと上から目線で言うと、背筋をぴんと伸ばしゆったりとした足取りでラウンジをあとにする。綾瀬の目がなくなると、トイレに駆け込んだ。

スカイラウンジに併設のトイレは、店内と同じように濃紺の床がキラキラしている。違うのは壁や天井まで同じ素材で、すべてが煌めいていることだ。だが、その幻想的な雰囲気を楽しむ余裕は今の麗香にはない。

個室に入って鍵をしめ、バッグからスマートフォンを取り出す。

あって良かった文明の利器、と心の中で叫ぶ。麗香はどこでもインターネットができる環境に感謝しつつ、検索ウィジェットに文字を打ち込む。

検索ワードは「足コキ」だ。

麗香はこう見えて、ノーマルな性経験しかない。歴代彼氏も普通の性癖しか持っていなかった。

「足コキなんて……したことないんだけどっ！」

麗香はフタを下ろした便座に座り込むと、真剣に「足コキ」について調べ始めた。

綾瀬は、去っていく恋人の後姿が完全に消えてから、体をもとの位置に戻した。バースツールが滑らかに回転し、美しい夜景が視界を占める。

「はぁ……」

物憂げな溜め息をついて、カウンターに肘をつく。組んだ両手の指の上に顎を置き、睫毛を伏せる姿は見惚《みと》れるような色男だ。麗香がいなくなってから、その姿を横目でちらちらと見つめる女性客もいる。

けれど綾瀬の目に夜景の美しさは入っていなかった。うっとりとした表情で思い浮かべるのは、悠然と歩み去った恋人、麗香の脚だ。

目を閉じて、じっくりと思い出す。

十センチのピンヒールに乗った足のサイズは二十三・五センチ。きゅっと締まった足首の周囲は恐らく十八センチ。測ったことはないけれど、触ったときの感じでわかった。

身長に対してやや細めの足首には、ラインストーンが輝いていた。ストッキングの飾りのラインストーンは、アンクレットのイメージで足首をぐるりと一周し、外側のくるぶしで垂れ下がる。でっぱった骨の上をなぞる煌めきは、まるで誘っているようだった。

舐めたい。あのラインストーンの位置は、ここに舌を這わせろと、綾瀬に囁いている。

やはり自分の見立ては間違っていなかった。

あのストッキングは、数日前、綾瀬がプレゼントしたものだ。

ラインストーンもそうだが、控え目に入ったラメが麗香の脚を引き立てると思って選んだ。それを手渡したとき、麗香は疑わしげな目を綺麗にラッピングされたストッキングと綾瀬に向けた。なにか怪しげなものだとでも思ったのだろう。

だが、ラッピングをほどいて中身を確認したあと、ほっと肩の力を抜いた。なにを疑っているのか、ストッキングの包装が未開封なこともじっくり観察してから、麗香はやっと眉間の皺をほどいてくれた。

ストッキングになにかされているのではないか。そんな心配をしていたのだろうが、綾瀬に言わせてみれば杞憂でしかない。

自分が興味があるのは、使用後のストッキングだ。未使用のものなど意味がない。

だから問題は、使用後のストッキングをどう脱がせ回収するかにかかっている。回収後には、ストッキングの伸び具合やその匂いをくまなくチェックしたい。

もちろんその違いを実感するために、事前に未使用のストッキングを仔細に検品済みだ。検品だけなので、変なことはしていない。開封したことが発覚しないよう、慎重にもとに戻してある。未使用とみせかけるための細工は万全である。抜かりはない。

ふふっ、と綾瀬は小さく笑い薄く瞼《まぶた》を開いた。我ながら良い仕事をしたと、ご満悦であった。

それにしても、歩み去る麗香のアキレス腱から膝裏にかけてのふくらはぎの曲線のなんと美しいこと……。硬い床を蹴るときに上がるピンヒールの高い音の冷徹さもさることながら、前に進む脚の筋肉の流れにはうっとりする。

かかとが床を蹴るときのふくらはぎの緊張。けれど次には緊張が緩み、すっと前に差し出される脚。その動きのなんと官能的なことか。

あの脚で蹴られたり踏みつけられたりする自分を妄想する。

今夜は、それだけでなく念願の足コキまでしてもらえる。拒否されるかと思ったが、言ってみるものだ。

ああ、楽しみだ……。

カウンターに置いたホテルのカードキーを、愛おしげに指先で撫でる。これから始まる甘い時間に想いをはせていると、背後で硬質な足音が響いた。麗香のピンヒールの音だ。

いつもより早い歩調は、どこか苛立ちが含まれている。けれど怒っているわけではなく、あせっているようだった。

「麗香ちゃん……？」

バースツールを回転させると、眉間に皺を寄せた恋人が腕を組んで立っていた。

不機嫌を露わにしたその表情は、とても美しい。

白い小さな顔を縁取るのは、栗色の綺麗にセットされた巻き毛。それを苛立たしげにかき上げると、小ぶりな耳朶《みみたぶ》についた雫型のピアスがキラキラと揺れた。

「帰るわよっ」

突然の言葉に首を傾げると、麗香の目尻がきつく吊り上がった。

「やっぱりそういう気分じゃなくなったから。帰ることにするわ。部屋はキャンセルしなさい」

「え……そんな」

期待していただけに、残念な声が思わずもれた。けれど、それはそれでまた楽しい。気まぐれな女王様に振り回されるのもまた一興。

吐き出す息に熱が混じり乱れかけたところで、女王様からとどめを刺される。

「今夜はお預けっ！」

それはまさにご褒美だった。極上の餌を目の前に吊し、期待させておいて落とす。こんな素晴らしい誕生日プレゼントはない。

やはり、彼女は最高の恋人だ。

震え声で「はいっ」と返事をすると、綾瀬は自分を放置してさっさとバーから出て行ってしまった恋人を追いかけた。

2

綾瀬正也は、決して最初から変態だったわけではない。

平均より裕福な家庭で、優しい両親に愛される幸福な幼少期を送った少年は、麗香に出会うまでは穏やかで常識的な価値観しか持ち合わせていなかった。理想的な家庭でなに不自由なく、ぬくぬく育った子供特有の素直で邪気のない性格をしていた。

「初めまして。よろしくね、榊麗香さん」

小学三年生になり、クラス替えがあった。綾瀬は新しいクラスの新しい席に着くと、隣になった少女に笑顔で挨拶した。

美人な母親に似た綾瀬はお人形さんのような美少年で、微笑むと花がほころぶような風情がある。見た者は愛らしさに癒やされ、異性ならば思わず頬をほんのりと染めてしまう。

麗香も例外にもれず、少年の屈託のない笑みに目を丸くし、頬を染めて言葉を失った。

「みんな、君のこと麗香ちゃんって呼んでるね。僕も、そう呼んでいい?」

いつものように気さくに声をかけると、麗香はなぜか面食らったように顔をしかめたあと、うつむいてしまった。綾瀬は首を傾げ、少女を見つめた。

背中を丸めた麗香は、他の女子に比べると大柄で良く言えばふくよかだった。顔も地味で、脂肪に覆われた丸い顔に乗った目は小さくて細い。お世辞にも可愛いとは言えない女子だったが、綾瀬は他の男子のように麗香を馬鹿になどしていなかった。

道徳的な両親に常日頃から、人を外見で判断してはいけませんと教えられていたし、当の綾瀬はあまり他人の容姿というものに興味がなかった。少年自身が容姿にも性格にも恵まれていて、コンプレックスというものを持っていなかったからだ。

外見同様、中身も天使のような少年は、他人の粗を探したりついたりするようなことなど思いつきもしない。麗香のことも、他の女子と同じにしか見えなかった。

「ごめんね……もしかして僕、失礼なこと言っちゃった？　麗香って、とても可愛い名前だなって思ったから、僕も麗香ちゃんって呼びたいと思っただけなんだ」

うつむいたままの麗香に、嫌ならやめるからと申し訳なさそうに告げる。すると黙りこくっていた少女が、小さな声でやっと返答してくれた。

「……いいわよっ。好きに呼べばいいじゃないっ」

素っ気ないけれど、ＯＫの返事に綾瀬はほっと胸を撫で下ろして表情をほころばせた。

「ありがとう。これから仲良くしてね」

そう言って、麗香が頷き返してくれたのは数カ月前。あのときは、麗香と仲良くなれると信じていたのに……今、綾瀬は少女からいわれのない暴力を受けていた。

「れ、麗香ちゃん……痛いよ」

学校からの帰り道の途中、唐突に背後から蹴られて地面に転んだ綾瀬は、ランドセルごと自分の背中を踏みつける麗香を涙目で見上げた。

「女にちやほやされて、そんなに嬉しい？」

さっき別れたクラスメイトの女子のことを言っているのだろうか。一緒に帰ろうと言われ、それにOKしただけだというのに、なぜ麗香はこんなにも怒っているのだろう。けれど、綾瀬にはなぜか少女の醜悪な笑みが悲しげな表情に見えていた。

どうしてそんな苦しそうな目をしているのだろう。虐げられているのは綾瀬で、痛い思いをしているのも綾瀬なのに、一番つらそうなのは麗香に思えた。

踏みつける脚の力が強くなる。アスファルトについて体を支えていた腕が、がくんっと折れて地面に突っ伏す。

「いっ……やめてっ」

「うるさいわねっ！　女みたいな顔してっ、気持ち悪いのよっ！」

靴先でランドセルをぐりぐりと踏みにじられた。痛みと屈辱に泣きたくなる。

なぜこんな目にあうのか。やっぱりわからなかった。

優しい世界で生きてきた綾瀬は、今まで他人から理由もなく悪意を向けられたことなどない。理不尽な暴力に抵抗するすべもなく、ただどうしてなのかと疑問を抱くことしかできなかった。

自分で気付かぬうちに、彼女にひどいことをして恨まれているのだろうか。原因になりそうなことは、なに一つ思い出せなかった。

しかも麗香の苛め方は巧妙で、他人の前では決して綾瀬を虐げたりなんかしない。クラスでも大人しく、むしろ陰で馬鹿にされたり嘲られている側の子だった。まさか人気者の綾瀬に意地悪をしているなんて、誰も思わないだろう。

綾瀬は心と体の痛みに唸りながら、もうこれは周囲の大人に相談したほうがいいと思い始めていた。自分には手にあまる出来事だ。

今まで誰にも相談しなかったのは、立場の弱い少女のことを憐れんでいたのもある。それにそのうち、やめてくれるのではないか。人の良い綾瀬は、虐げられても尚、麗香と仲良くなれるのではないかと秘かに希望を抱いていた。

けれどここまでされては、その望みも薄い。自分で解決できなかった悔しさに唇を噛みしめ、肩越しに麗香を見上げる。

そのとき目に入ったのは、麗香の顔ではなく脚だった。

少女の脚は、肥満体型には不釣り合いに細かった。痩せ型の子に比べれば太いけれど、他の部分のように無駄な脂肪はついていない。綺麗な脚だ。

多分、伸ばしたらすらりとした真っ直ぐな脚だろう。

痛みも忘れ、綾瀬はその美脚に目を奪われる。どうして今まで気付かなかったのか。

ひらりとスカートが揺れた。ふくらはぎのその先の、白くて柔らかそうな太腿がちらり

とのぞく。

綾瀬はびくっと震えた。心臓が跳ね上がり、動悸が激しくなる。

麗香の脚から目が離せなかった。

もっと見ていたい。触れてみたい。頬を寄せ、口付け、齧りついて、肺いっぱいに息を吸い込んでみたかった。

それを想像すると、なぜか体が熱くなってきた。発熱でもしてるのだろうかと思ったが、その火照りは下半身へと流れていく。踏みつけられるたび、アスファルトで擦られる下肢が甘く痺れる。

初めて感じる快感に、綾瀬の息が乱れた。

痛いはずなのに、そこから生まれる悦楽に〝もっと踏まれたい〟と願う。こぼれる息が、熱のこもった溜め息に変わる。

これはなんだろう?

子供の綾瀬にはこの気持ち良さがなんなのかわからない。わからないけれど、もっと欲しい。感じたい。この快楽の先にあるものを見てみたいと思った。

だが、もう少しで新たな境地が見えそうになったところで、すっと背中の重みが引いた。

「ふんっ、もういいわ。許してあげるっ」

反応が薄くなった綾瀬に飽きたのか、ふいっと背を向けると麗香はあっさりと去っていった。取り残された綾瀬は、呆然とその背中を見つめる。

体は解放されなかった甘い痺れで火照ったまま、もどかしさに悲鳴を上げていた。この熱をどう散らせばいいのか、綾瀬はまだ知らない。

そしてこれが、少年にとって性の目覚めとなった。

＊　＊　＊

「今日は黒ストッキングか……ほんのり透けて見える肌の色がたまらない」

ふうっ……と、綾瀬が溜め息をついたのは、調光ガラスで仕切られた自分のオフィス。透明なガラスの壁の向こうでは、恋人が自分の席で美しい脚を組み、さっきから難しい表情で資料に目を通している。

職場で偶然再会したあの日。

綾瀬は麗香を見てすぐに、あの自分を苛めていた少女だと気付いた。親の離婚で苗字が変わり、見た目もスレンダーになりすっかり変貌していたが間違いない。

あの美しい脚は、綾瀬を踏みつけたものと同じ。

余計な脂肪もなくなり、さらに美しさを増した脚に綾瀬は運命を感じた。もうずっと恋いこがれ、夢にまで見た初恋の脚。ここで逃がすわけにはいかない。

それから綾瀬なりのアプローチを繰り返し、どん引きされつつも麗香と付き合えることになった。一応、会社では内緒だ。

「やっぱり、ハイヒールは十センチに限る。あの角度は、つま先で踏みにじる形に似ていて美しい」

ガラス張りだが、外に自分の声がもれてないのをいいことに、綾瀬は変態的な独り言を呟き続ける。

「攻撃的でありながら、不安定さを孕んだピンヒはさらにいい。あの細いかかとで足の甲が骨折するぐらいの圧力で踏まれてみたい……」

実際に骨折したら仕事に影響があるので困るが、叶《かな》わないからこそ憧れは高まるというもの。

「ハイヒールを最初に考えだした人間は天才だ。こんな官能的で嗜虐的なラインはない」

発明した人間が生きているなら語り合いたいと、綾瀬はかなり本気で考えていた。そのときだった。

「また、アイツか……っ」

チッ、と舌を打ち鳴らす。柔和な優男で通っている綾瀬には似つかわしくない剣呑な表情を浮かべる。

視線の先には、麗香に呼び止められた若い男性営業マン、西野の姿があった。彼はそそっかしいところがある上にチャラくて、度々麗香の怒りを買っている。

とても羨ましい立場の男だ。

今日もなにかしでかしたのか、麗香に睨み付けられ怯えている。挙げ句、立ち上がった彼女にネクタイを締め上げられる光栄にあずかっているではないか。

昼間のオフィスで首絞めプレイとは、なんて破廉恥なんだ。

思わず握りしめていた拳で、だんっと机を叩くと調光ガラスが曇って隣が見えなくなった。うっかり調光ガラスのリモコンを拳で叩いていたようだ。

慌ててリモコンを押すが、クリアになったガラスの向こうに二人の姿はなかった。

「なっ……！　どこに行ったたっ！」

ちょうど廊下へ続くドアが閉まるところだった。綾瀬も小走りで部屋から飛び出すと、ネクタイを引っ張られた営業が、引きずられるように廊下の角を曲がっていった。

「今度は社内で犬プレイだと……っ！」

嫉妬のあまり西野に対して殺意がわいた。自分だって、まだあんなプレイしてもらっていないのに。

許せんっ！　いつか地方に飛ばしてやるっ！

綾瀬は普段は優しい双眸を嫉妬で鋭くさせ、二人のあとを追いかけた。


「あの……なんなんすか？」

誰もいない会議室に連れ込まれた西野は、相変わらずへらへら笑っていたが口元が引きつっている。そのネクタイを締め上げ壁に押しつけた麗香は、これからどうしようかと戸惑っていた。因縁をつけて勢いでここまで連れてきたはいいが、これから自分がしようとしていたことを振り返り正気に戻ったからだ。

麗香は悩んでいた。

あのデートのときトイレで足コキについて調べたが、どうしてもわからないことがあったからだ。やっぱりスマートフォンだけでは検索が足りないと思い、あの夜は苦し紛れにお預けをしてその場を逃れた。

綾瀬が悦んでいたのでいいが、このお預けはそう何度も使えないし、長くお預けをし続けるわけにもいかない。いつかじれた恋人が、催促してくるだろう。そのときに実は足コキの仕方がわからないなんて絶対に言えない。

被虐趣味のある綾瀬が、虐げることのできない麗香に愛想をつかしてしまうかもしれなかった。

正直、なんでこんなおかしなことで悩まなくてはならないのか……。色々と解せなかったが、麗香は好きになった相手にはけっこう尽くしてしまうタイプなのだ。その反面、自分に自信がなくて、恋人に当たり散らしてしまう駄目な性格をしていた。

そんな麗香にとって、虐げられることを喜ぶ綾瀬はぴったりの恋人だ。それなのに……まさか、こんな弊害が発生するなんて。

それも原因が「足コキ」だ。絶対に、おかしい。

「……花木さん？　俺、またなんかしちゃいました？」

「ううん、そうじゃないの……」

怯えた口調の西野に首を振る。彼を怒る理由はないし、非もなかった。

「あのね……ちょっと聞きたいことがあって」

「はぁ？　なんすか？　みんなの前で聞けないことっすか？」

「うん。そうなんだけど……」

次の言葉が出てこない。西野は、首を傾げ大人しく待っている。

だが、聞けるわけがなかった。

男性器って踏まれたら普通痛いわよね？

足コキする場合って、どれぐらいの力加減で踏んでやったらいいわけ？

てゆうか、踏むんじゃなくて足で愛撫する感じでいいの？

それともそういうプレイをされたい男って、マゾだから痛いほうがいいわけ？

ネットで調べてると言葉で責めてもいるけど、なんて言われると嬉しいの？

ところで、試してみたいからちょっとやらせてくんない？

「なんて聞けるかあああぁぁっ！」

「ひいいいっ！　ごめんなさいっ！」

摑んだネクタイを強く締め上げて叫ぶと、西野は涙目になってへこへこと謝ってきた。

「あ……ごめん。違うの」

ハッ、と我に返る。さすがに悪かったと思い、ネクタイを離して謝った。

いくら行きづまったからといって、西野で試してみようなんて血迷ったことを考えてしまった。そもそも、そんなことをしたらパワハラ&セクハラだ。

「やっぱ、なんでもないわ。こんなとこ連れ込んで、ごめんっ。なんか疲れてたみたい……もう、戻っていいわ」

ぽんっ、と怯える西野の肩を叩いたと同時に、会議室のドアが乱暴に開く。

「麗っ……花木さんっ、なにしてるの？」

入ってきた綾瀬の姿にぎょっとする。西野を連れ込んだ理由を知られたらどうしようと麗香は視線をそらし、そわそわした。

そんな恋人を見た綾瀬は、すうっと表情を失くした。

「君、ここで花木さんとなにしてたの？」

「えっ！　な、なにって……なんだかよくわかりません。てか、花木さん疲れてるみたいっすっ！」

いつもと違う綾瀬の様子にびびって、西野はしどろもどろにあったことを話す。

「えっと、だからっすねぇ……」

「もう、いい。西野さんは戻りなさい」

要領を得ない話に苛立った綾瀬が、ドアのほうを指差す。それを幸いに、西野は逃げるように会議室から出て行った。

西野の足音が聞こえなくなると、綾瀬がこちらを振り返った。

「麗香ちゃんっ、僕よりアイツを虐げたいのっ！」

「え？」

なに言ってるんだコイツ……？

いつものことだが、明らかに発言がおかしい。麗香が目を丸くしていると、綾瀬が迫ってきた。

「僕のなにがいけないのっ？　どうしたら首絞めてくれるわけっ？」

「えっ、ちょ……ちょっと待ってよっ！」

恋人のあまりの剣幕に後退すると、背中が壁に当たった。

「首を絞めるってなに？　アンタのこと殺す気はないわよ」

「もちろん殺されてもいいって常日頃思ってるけど、ネクタイのことだよっ！」

さらりと危険なことを言っているが、今はスルーすることにする。

「ネクタイ？」

「ネクタイで締め上げてたでしょう……彼のこと。あと、ネクタイで引っ張って犬プレイまでっ！」

そのことが余程ショックだったのか、綾瀬はがくんっと崩れるように床に膝をついて嘆いた。

「犬プレイって……」

あれをそう言われるとは思わなかった。

恋人との間に横たわる価値観の違いが思ったより根深いことに茫然としていると、床に四つん這いになっていた綾瀬が顔を上げた。

「もしかして……僕のネクタイが嫌だとか？」

「え？　意味わかんないんだけど」

麗香は顔をしかめる。恋人の価値観が常人離れしすぎてついていけない。

綾瀬が自分のネクタイを引っ張って言った。

「ネクタイの素材にこだわりがあるの？　あの営業の安いネクタイが好みってことっ？　それなら麗香ちゃんが気に入るネクタイを買ってくるから。そうだ……僕はネクタイじゃなくて首輪をするのでもかまわないから！」

一瞬、言われた意味がまったく理解できなかった。だが、すぐに合点がいって表情が引きつった。

「なっ……素材にこだわりなんてないわよっ！　アンタみたいな変態と一緒にしないでくれるっ！　首輪なんてされたら私がかまうわっ！」

さすが変態。考えている次元が違いすぎる。

嘆息し痛むこめかみを指で押さえると、綾瀬が暗い表情でまたおかしなことを言いだす。

「そう……関係ないんだ。そっか、そうだよね……彼のほうが虐げがいがあるんだね。僕じゃ物足りないってことか」

「虐げがいって……ちょっと、落ち着きなさいっ。あんな男に興味なんてないから」

なんでこんな変態を好きになってしまったのだろう。けれど、この変態的な性癖も含めて、自分にしっくりくる相手だと思うから困る。

素直になれなくて時折ヒステリーを起こす麗香にとって、こんな理想的な恋人はいない。ヒステリーをご褒美として受け止めてくれる男なんて……。

すると嘆いていた綾瀬が体を起こして麗香を見上げる。その目には、責めるような色が混じっていた。

「じゃあ、麗香ちゃん……彼とここでなにしてたの？　彼はよくわからないまま、ここまで連れてこられたとか言ってたけど」

「そ、それは……っ」

即答できなくて口ごもる。足コキの仕方がわからなくて、血迷って試そうとしていたなんて言えるわけがない。

気まずくなって目をそらすと、下から地響きのような低い声がした。

「なんか後ろ暗いことがあるんだね。もしかして……浮気？」

「はぁっ？　そんなこと、するわけないでしょっ！」

頭にかっと血が上った。こんなに綾瀬のことばかり考えて、よりにもよって足コキで真剣に悩んでいるというのに、浮気を疑われるなんて心外だった。

「綾瀬のくせにっ、私を疑うなんて生意気よっ！」

思わずネクタイを摑んで、ギリギリと締め上げる。

「私はね、性格に難はあるけど浮気はしない主義なの！　失礼なこと言わないでくれる！」

ここ数日、眠りが浅くなるほど思い悩んでいたことが馬鹿らしくて、悔しくてたまらなかった。インターネットの検索履歴が足コキ関係でいっぱいになるほどで、他人にスマートフォンを絶対に見せられない状態にまでなっているというのに。

それなのに……本当に腹が立つ！

激情のままにネクタイを握る手に、さらに力が入った。

「うぐぅ……ッ」

「えっ、あ！　ごめんっ！」

詰まった唸り声に、ハッとしてネクタイを離す。綾瀬が咳き込みながら、床に倒れ伏した。

「うそっ、ごめんっ。こんなつもりじゃ……」

苦しめるつもりなんてなかった麗香は、おろおろしながら自分も床に膝をつき、咳き込む綾瀬の背中をさする。そのうち、体を預けてきた男の頭を膝枕してやった。

「綾瀬っ、大丈夫？」

「……げほっ、ごっ……だいじょうぶ、だよ」

「本当に、ごめんなさい！」

こちらに背を向けて横たわる綾瀬の頭を優しく撫でてやると、大きな手が心配するなと言うように重なる。麗香は自分のしてしまったことに涙ぐむ。

気性は荒くとも、ごく一般的な感性で生きている麗香は、後悔で胸がいっぱいで苦しかった。すんっ、と鼻を小さく啜ると、手を握る力が強くなった。

「心配しないで。もし、うっかり僕が死ぬことがあっても、これは殺人じゃなくてプレイの最中に起きた事故だから本望です。彼女の罪を減刑してくださいって、遺言状を書いて貸金庫に入れてあるから」

静かな声で淡々と述べられる内容に、麗香は凍りつく。今のはプレイだったのか……。

「だから、麗香ちゃんは僕が死んでもなんにも心配しなくていいからね」

「え……いや、そういうんじゃなくて……」

「ん？　違うの？」

この気持ちの行き違いをどう説明したらいいのだろう。相手はさっきのをプレイだと思うような性癖の持ち主だ。気持ちが通じ合うのはとても難しいだろう。

きっと二人が別れる時は、性癖の不一致に違いない。

「それにしても、さすが麗香ちゃん。いい締め上げ具合で昇天しそうだったよ」

「あっそ……」

うっとりとした声に、素っ気なく返す。

膝の上から頭を投げ落としてやろうかと思ったが、喜ばせるだけなのでやめる。こうなってくると、こっちの怒りをご褒美と受け取る性癖も憎らしいものだ。

この恋人相手では、優しく接してやることが最大の意地悪であり、お仕置きになる。

麗香は怒りをぐっと堪え、綾瀬が快復するまで優しく頭を撫でてやることにした。これで少しは懲りるがいい……と思ったが、考えてみれば普通の恋人同士がイチャイチャしているだけの図だ。

なんとなく解せないものを感じながら、甘い制裁を加えていると、なんだか腿の辺りがじわりと生温かくなってきた。綾瀬の吐息が、ちょうど当たる部分なのでそのせいかと思ったが、ストッキングが張り付いてくる感触に、なにか違うと感じた。

それにさっきから、膝の辺りがさわさわする。まるで羽の先でくすぐられているような……。

「……って、なにしてんのよっ！」

綾瀬の手が、膝に触れるか触れないかの位置で円を描くように動いていた。その気配がさわさわしていたのだ。

しかも荒い息を吐くのと一緒に、よだれを垂らしていた。

「キモッ！」

あまりの気持ち悪さに、堪えていたのも忘れて男の頭を膝から突き落とした。

「なんなのよっ、キモイわねっ！」

「いたたっ……だって、麗香ちゃんの膝のお皿、丸くて可愛いから。つい抑えきれないパッションがっ！」

「お、お皿っ？」

素早く体を起こした綾瀬が、真剣な表情で拳を握りしめ、ずいっと迫ってくる。

「そう、膝のお皿の形がいいんだ！」

それから、いかに膝の皿が可愛いかということを熱弁する恋人に麗香はたじろぐ。しかも、実際に触れて撫でまわしたら怒られると思ったので、ギリギリの距離で触れてる感じを楽しんでいたと言う。

ちょっと引き気味にはなるが、褒められて嬉しくないわけがない。そんな場所、褒められたのは初めてだし、ここまで絶賛されるとむず痒《がゆ》い。ましてや好きな相手だ。

けれど素直じゃない麗香は、恥ずかしさで顔をそむける。

「もうっ、気持ち悪いことばっかり言ってないで仕事に戻るわよっ！」

照れ隠しにきつい口調で言い捨てると、床に手をついて立ち上がろうとした。だが。

「きゃあ……っ！」

脚に力が入らなくて、床に尻もちをつく。膝枕をしていたせいで、脚が痺れていた。

「ちょっ、うっ……ん」

じーんっ、と痺れの走る脚に麗香は声も出せず動けなくなる。息を詰め、波が引いていくのをじっと待っていた。そのとき、綾瀬にひょいっと左足首を掴まれる。

「ひっ……！」

声にならない悲鳴を上げ、上体を支えていた腕から力が抜ける。肘から崩れるように、床に倒れた。

「やっ、あぁ……っ！」

掴んだ足首を、床に縫いとめられる。もう片方の脚も、脛の辺りを上から押さえられ、動けないようにされた。

それを止めたいのに、触れられているせいで声にならない。這い上がってくる痺れを、ただ無言で堪えるしかなかった。

「麗香ちゃん。やめてほしい？」

当たり前だ。触るなと怒鳴りたいが、歯を食いしばり喉の奥で唸るしかできない。苦し紛れに睨み付けると、腹立たしくなるような柔和な微笑みが返ってきた。

「だったら、彼となに話してたか教えて」

「だ、だから……そ、れ……は、んっ」

なにも話していない。ただ勘違いで呼び出してしまっただけと言いたかったが、足首を掴む手に力を入れられ声が出ない。

「あ、間違えた。なにを話そうとしてたのか教えてくれないかな？」

小首を傾げた綾瀬の目は笑っていなかった。笑顔なのに妙な迫力があり、答えろと麗香を威圧する。それに気圧されそうになる自分に腹が立った。

脅す気なのかと無言で睨み返すと、悲しそうな目で見返された。

「そう。言う気ないんだ。なら、いいよ」

「ちょっ……やぁッ」

身を屈めた綾瀬が、膝に口付けたかと思うと歯を立てた。甘噛みに、痺れた膝がいつも以上の快楽の波を作る。淫らなくすぐったさが、さざ波のように肌の上を伝って広がった。耐えきれなくなって、麗香は声をもらして床に爪を立てる。脚の痺れはだんだんと軽くなってきたのに、別の刺激に体が重くなる。綾瀬に開発され、くまなく性感帯を探しだされた脚が甘く疼き出す。

本格的に動けなくなる前に逃げなきゃと思うのに、甘噛みされた部分をストッキングの上からぴちゃぴちゃと舐められ、脚に震えが走る。膝裏の筋を撫でられ、思わず濡れた声がもれた。

会社でこんなこと。それも業務中に。すぐに戻らなければ不審に思われるかもしれない。西野が心配して戻ってくる可能性だってある。鍵だって閉めてないのに……。

そんな麗香の心配をよそに、綾瀬がもどかしそうに呟く。

「邪魔だな……」

ストッキングに噛み付いたと思ったら、ビッと裂ける音がした。

「やだっ、なにして……ひゃぁッ！」

裂けた場所から舌が侵入してきた。ストッキング越しと素肌の部分を男の舌がぬるぬると行ったり来たりする。その感触に膝がぴくぴくと跳ね、体から力がなくなっていく。

下腹部に溜まり出す熱に、仕事中だということも忘れて快楽に流されてしまいそうだった。それでもなんとか理性を繋げようとしていたら、太腿のストッキングを引き裂いていた指が、タイトスカートの中に入ってきた。

　薄い繊維を爪先で伝線させながら、内腿をつうっと撫で上げる。敏感な場所をじらすようにくすぐられ、麗香は身を竦めた。張りつめた快感に声も出せないでいると、その指がしっとりと濡れた秘所へと触れる。

　ひゅっ、と喉が鳴った。抑えつけようとしていた官能が、ぞくぞくと背筋を這い上って全身に散っていく。その快感が消える前に、綾瀬の指が敏感なそこをこね回す。

「いやぁっ、あぁ……ッ」

　理性が散り散りになる。快楽を追おうと、秘所を指に押しつけるように腰が揺れてしまう。止まらない。

　綾瀬は器用に秘所を弄りながら、執拗《しつよう》に膝頭を舌と歯で愛撫する。膝から広がる甘い痺れと、直接的な快楽に麗香は我を忘れて身悶えた。

　淫らな声をもらし、愛撫に翻弄される。触れられていない場所まで敏感になり、麗香は床の上で乱れた。

　服の下で立ち上がった乳首が、下着に擦られてもどかしい快感を生む。思わずスーツの中に手を忍び込ませ、自らシャツの上から乳房をまさぐる。服の上から、じんじんと疼痛を訴える乳首を押し潰し、もっと強い刺激を求めて爪を立てた。痛みを感じたが、それが快感となって下腹の奥に溜まっていく。

　じれったさにシャツを脱ぎ捨ててしまいたい衝動に駆られると、膝頭を強く噛まれた。

「あっ、あぁッ！」

抑えていたのに、高い声が上がってしまった。

綾瀬の指が触れていた秘所が、びくんっと大きく痙攣した。溜まっていた熱が腹の奥で弾け、とろりと蜜が溢《あふ》れ出す。弄りまわしていた指も引いていく。

はぁ……、と火照った息を吐いた。四肢から力が抜け、現実へと引き戻されていく。

熱が引くと、濡れて張り付いたストッキングの部分を冷たく感じ、酷く間抜けな気がしてきた。冷ややかな目で、まだ膝に張り付いている綾瀬を見上げる。

口付けたり舐めたりするのにも飽きたのか、綾瀬は息を乱しながら膝に頬ずりしていた。うっとりと細められた目は、正気を失ったままだ。

「綾瀬……仕事戻らないと……」

「うん。もうちょっと、このままで……」

かろうじて返事はあったが、意識はここにないようだった。

快感も弾け、脚の痺れもなくなってみると、一人興奮している彼にイラッとした。ストッキングも破られて、こんな姿では会議室の外に出られない。なのに綾瀬は、自分の性癖に浸ったままで、破れたストッキングの間に指を入れて遊んでいる。

たまになにかブツブツと呟いているが、なるべく聞かないようにする。断片を拾っただけだが、脚についての講釈をたれているのがわかったからだ。

「ちょっと、これどうしてくれんのよ。替えのストッキング持ってきてくれるんでしょうね！」

すっかり快楽が散ってしまった麗香はきつい語調で問う。綾瀬は脚に頬ずりしたまま、スーツの懐に手を突っ込む。差し出してきたのは、コンパクトサイズにパッケージされた自社のストッキングだった。

「これ、使うといいよ」

ハンドバッグに入る、いつでもどこでも持ち歩ける、というキャッチフレーズで開発されたストッキングだ。中身は今までの製品とそんなに変わりはないが、中紙などをなくして小さくパッケージし、ハンドバッグだけでなくポケットにも入るように改良されている。

そういえば綾瀬は、このストッキングの企画を立ち上げ、部署違いなのに製品開発に色々と口出ししていた。

麗香の体が、怒りでわなわなと震えた。

そうか、そういうことか。自分の変態的な趣味のためだったなんて……！

このコンパクトパッケージのストッキング企画を、麗香は高く評価していた。商品の売れ行きも好調で、ただの変態ではなくちゃんと仕事もできるのだと、恋人を秘かに見直したのだ。

それなのに……この変態、策士だ。

「あんなに熱心だったのって……自分で持ち歩くためかよっ！」

麗香の振り上げた膝が、ちょうど綾瀬の顎にヒットした。ぎゃっ、と間抜けな声を上げて床に転がった恋人を一瞥すると、起き上がって淡々とストッキングを履き替えたのだった。

3

綾瀬は、脚フェチで多少マゾっけのある変態であって、決してストーカーでも犯罪者でもない。そう思っていたはずなのに、今、彼は恋人の部屋に不法侵入してブーツの匂いをかいでいた。

「芳しい……しかし、靴クリーニングしたあとか。去年から熟成された年代ものの香りを期待していたんだけどな」

ちょっと残念に思いながら、ブーツキーパーを手に取る。それをブーツにはめ、そっともとの位置に寸分の狂いなく戻す。

麗香の部屋は、玄関は広めの作りで天井まである造り付けのシューズクローゼットがあった。そこを開くと、パンプスやサンダルが整然と並んでいた。どれも綺麗に手入れされている。

「ふうん。麗香ちゃんは、やっぱり靴が好きなんだな」

隅に置かれた靴磨きセットは使い込まれていて、道具の種類も揃《そろ》っていた。ブーツなど、ものによってはクリーニングにもだしているらしい。

揃えられた靴も、全体的に質の良いものが多かった。その中にある安物は、一時的な流行《はや》りもので、次のシーズンには飽きてしまうデザインだった。

「けっこう几帳面な性格なんだ。まあ、仕事もきっちりしてるしね」

独り言を呟きながら、気になったデザインの靴を取り出して撫でたり匂いをかぐ。麗香が履いているのを想像しながら、恍惚とした表情で溜め息をつくことを繰り返す。

「それにしても、僕好みのパンプスが多いな。このピンヒもいい……」

麗香のシューズクローゼットには、思わず踏まれたくなるようなデザインや角度のハイヒールやピンヒールが揃っていた。

趣味が似ていることが嬉しくて、自然とにやける。麗香が聞いたら趣味の意味が違うと言っただろうが、踏みにじられる妄想に忙しい男はこれは運命に違いないと、変態なのに乙女チックなことを考えていた。

だが、ピンヒールを愛でることを堪能し尽くしたところで、綾瀬はハッとして靴を脱ぐ。

「危ない……魅惑的すぎて、ここにきた目的を忘れるところだった」

今日の昼、麗香に蹴られて少し赤くなった顎をさすりながら玄関に上がった。万一のことも考え、脱いだ靴はシューズクローゼットの中に隠す。

ここに来たのは、恋人が隠していることをつきとめるためだった。

昼に蹴られたあと、麗香が会議室でなにをしようとしていたのか気になって仕方なくて、西野を個人的に呼び出しもう一度尋問した。けれど、あの頭の弱い営業から新しい情報は得られなかった。役に立たないくせに、麗香に虐げてもらえるムカつく存在だ。

　仕方がないので綾瀬はふらふらと麗香の席に行き、バッグから家の鍵を盗みだしていた。彼女は打ち合わせで離席していて、他の社員も会議やらなにやらで部屋を空けていたので、合い鍵を作ってバッグに戻しておくのはとても簡単なことだった。

　少し罪悪感はあったが、いつまでたっても合い鍵をくれない麗香が悪いと心の中で言い訳した。綾瀬のマンションの合い鍵は渡しているというのに……。

　麗香の部屋に遊びに行きたいと、何回かお願いしたことがある。けれど、仕事で疲れていて掃除するのが面倒だから来るなと返される。それが嘘《うそ》だとは薄々感じていた。

　なぜなら、麗香の机はどんなに忙しい時も綺麗に整頓されているからだ。ヒステリックな性格からもわかるように、神経質な性質なのだろう。だから部屋も綺麗なはずだと思っていた。

　実際、侵入してみたら玄関から綺麗に片付いていて、シューズクローゼットの中はショップのように靴が並んでいる。掃除する必要なんてない。

「どうして合い鍵くれないんだろう……やっぱり、恋人として認められてないのかな」

　はぁ、と重い溜め息をついたものの、それはそれでシチュエーションに興奮してしまう綾瀬だった。吐き出した息が、なぜか熱い。

　合い鍵を手に入れた綾瀬は、早めに仕事を切り上げてここにやってきた。頭では、家《や》探しなんて良くないし、これは犯罪だとわかっている。わかっているけれど、なんでもいいから手がかりが欲しかった。

こんな暴挙に出てしまうほど、綾瀬は麗香のことが好きなのだ。隠し事をされたことがつらくて、胸がきゅっと痛んだ。

ついでに不法侵入を見つけて激怒するだろう恋人の姿が浮かび、めくるめく妄想も止まらなくて、心拍数が上がってきた。ちょっと鼻息を荒くしながら、短い廊下を歩いて1DKの部屋のドアを開く。

こぢんまりとしたダイニングは、殺風景だった。キッチンはとても綺麗で、料理をしている形跡はない。小さなダイニングテーブルにでんっと置かれたコーヒーメーカーだけが、存在を主張している。

外食オンリーの麗香なので、不思議ではなかった。料理はできるらしいが、祖母の介護で学生時代に家事ばかりしていたせいで、やらなくていいならやりたくないそうだ。おうちデートでは、いつも綾瀬が料理をしている。

ここには手がかりになりそうなものはないだろう。そう判断して、隣の部屋のドアを開いた。

「わっ……可愛い」

綾瀬は目を丸くして、部屋を見回した。

全体的にお洒落にまとまっているが、普段の麗香からは想像できない可愛らしさだった。ベビーピンクにミントグリーン、レモンイエロー、差し色に甘いチョコレート色。といった感じで、フランスのパティスリーの店内のようだった。

甘ったるい匂いでも漂ってきそうだと思いながら部屋に入る。

「意外だな。こういう趣味なんだ」

もともと華やかな装いをする麗香ではあったが、ちょっときつめの雰囲気で、こういう柔らかいパステルカラーのイメージではなかった。エレガントだが、もっとこう大人っぽいインテリアだと思っていた。

「もしかして、これを隠したかったのかな？」

それなら綾瀬を家に上げず、合い鍵を渡さなかったのにも説明がつく。

「でも、それならなんであの営業を……？」

綾瀬はすぐさま顔をしかめ、顎に手を持ってくる。

この部屋も隠したかったのだろうが、ここ最近の隠し事はまた別に違いない。まずはタブレットを調べよう、とベッドの向かいに置かれた木製デスクに向かう。その上にあるのもまた、可愛らしいパールピンクカラーのタブレットだ。

だが、そこにたどり着く前に綾瀬の視線がベッドの上に吸い寄せられる。

ベッドには、畳まれていない洗濯物と、脱ぎ捨てられたルームウェアとルームソックスが放り出されていた。洗濯物は色とりどりで色気のあるランジェリーが混じっている。普通の男なら、そっちのランジェリーに目を奪われたことだろう。

だが、綾瀬が注目したのは、もこもこのマイクロファイバー素材のルームソックスだった。

脇目もふらずにルームソックスを手に取る。色はパステルピンクとアリスブルーのボーダー柄。それにポンポンが付いている可愛らしいものだった。

「これを麗香ちゃんが履いている……」

普段はあんなにツンと取り澄まし、高飛車で生意気な態度だというのに。家では一人でこんな可愛いルームソックスを履いているなんて。

「ギャップ萌え……っ！」

感嘆するようにもらすと、抑えきれない感情にベッドをどんどんと拳で叩く。それから綾瀬は、息を乱しながらルームソックスに顔を埋めて思いっきり深呼吸していた。

タブレットの中身なんて、もうどうでもいい。だが、玄関で物音がして我に返る。

「……まずい」

麗香が帰宅したのだ。咄嗟《とっさ》にルームソックスを懐にしまうと、綾瀬はベッドの下に慌てて身を隠した。

「んー……あれ？　私、電気つけたまま出勤しちゃった？」

玄関から廊下、ダイニング。果ては寝室まで電気がつけっぱなしなことに首を傾げながら、麗香はバッグを床に放り出した。

今日も一日、たくさん仕事をして疲れていた。瑣末なことを深く考える余裕はなかったので、電気のことはうっかりしていたのだろうと納得し、バスルームに向かう。タッチパネルでお風呂を沸かすセットをしてから、キッチンで冷蔵庫からビールとつまみを取り出す。

夕食は駅前で食べてきたが、小腹がすいていた。お風呂の用意ができるまで、インターネットでもしながらちょっとだけつまもうと寝室に戻る。

脱いだ上着を椅子の背もたれにかけて座る。スマホは充電し、スタンドに載せたタブレットの画面をタップしながらビールのプルタブを開けた。

つくづく、自分はこのスイーツな部屋が似合わない。もし合わせるとしたら、飲み物もビールではなく、ロイヤルミルクティーとかハーブティーを飲むべきだろう。

でも、好きなのはビールだし性格もきつくて、スイーツ系ではない。ただ、可愛いものが好きなだけで、似合わないのも自覚しているのでインテリアだけで満足している。

自分のキャラと違うので、ちょっとだけ恥ずかしくはあるが、麗香はこのことを特に隠してはいなかった。綾瀬と付き合うまでは……。

マゾっけのある恋人に、実は可愛いものが好きだとバレるのはなんとなく抵抗があった。イメージと違うと、幻滅されたらどうしようなんて、内心気弱なことを考えている。

いつの間にか、綾瀬の前では嗜虐的な女王様でいないといけないというプレッシャーが出来上がっていた。ヒステリックな性格なので、自然体でも充分対応はできるが、根っからの女王様というわけでもないから、たまに戸惑ってしまう。

だから、今回のことは麗香にとって難問だった。

タブレットの検索履歴に、麗香は渋い表情になる。この部屋にかなり不釣り合いな内容だ。

「……はぁ、わかんない」

検索ワードには「足コキ」。もう何度、この単語を検索したことだろう。

麗香は頭を抱えて唸った。

やっぱり、いくら調べても実践してみないことには力加減などがわからない。綾瀬を満足させてやれるのかも。

もし、やり方がわからないなんて綾瀬に知れたら、落胆されてしまうかもしれない。そして他に本物のサドな女王様を見つけてしまったら……と、真剣に悩み出したところで、また腹が立ってきた。

なんでこう繰り返し、アホみたいなことで深刻にならなくてはいけないのか。あいつが変態なのが悪い。おかげで悩みの種類が常々おかしい。

いらっとして乱暴にタブレット画面をタップしたところで、玄関のインターフォンが鳴った。こんな時間に誰なのかと思ってドアスコープをのぞくと、マンションの管理人だった。大家の息子だという管理人は住み込みで、麗香よりちょっと年上だ。

なにかあったのかとドアを開くと、管理人は変わったことはないかと小声で尋ねてきた。不審に思って眉をひそめると、麗香が帰宅する前に怪しい男が玄関の前をうろついていたのを駐車場から見たという。しばらくして麗香の部屋に入っていったので、合い鍵を持った彼氏なのかと思った。けれど最近、この辺で痴漢や空き巣の被害が相次いでいるので、心配になって確認にきたという。

その話を聞いてるうちに、麗香は青ざめた。

「花木さん、大丈夫ですか？」

顔色の変わった麗香に、管理人は表情を険しくする。

「あの……私、誰にも合い鍵なんて渡してなくて……帰宅した時、部屋の電気がついてて」

てっきり、つけたまま出勤したのかと思っていたが、あの違和感は勘違いではなかったのだ。

こわばった顔で部屋の中を振り返る。管理人もドアが開いたままの部屋の奥を見やる。

「部屋を荒らされてたりは？」

管理人の問いに首を振り、帰宅したときに誰もいなかったし電気以外で異変はなかったと、震える声で告げる。でも、もしかしたらクローゼットの中とか、どこかに隠れているかもしれない。

「一緒に、部屋の中を確認しましょうか？」

管理人のその申し出に無言で頷き、玄関に上げた。麗香は管理人のあとについて寝室に入り、クローゼットやベランダに人が潜んでいないか確認してもらった。

「誰もいないみたいですね」

その言葉にほっと胸を撫で下ろしたが、留守中に知らない男が部屋に侵入したことには変わりない。なんとも言えない気持ち悪さに口元を押さえていると、管理人が近寄ってきて心配そうに肩に手を置き顔をのぞきこんできた。

「大丈夫ですか？　警察に通報を……」

と、言いかけたところでベッドの下で大きな物音がした。驚いて、二人の視線がそちらを向くと、ベッドの下からがさがさと人が這いだしてきた。

「きゃあああっ！」

「ひいっ！」

麗香と管理人が同時に悲鳴を上げ、飛びのく。出てきた男は体を起こすと、床に座り込んだまま叫んだ。

「麗香ちゃんっ！　もしかして、それが新しい下僕なのっ！」

綾瀬だった。しかも声だけなら悲痛な訴えだったが、内容が悪い。

管理人はまだ困惑していたが、その訴えで冷静になった麗香は、反射的に綾瀬を蹴り飛ばしていた。ちょっと嬉しそうな声を上げて倒れ込む恋人の背中を、どすどすっと踏みつけながら淡々と問い詰める。

「なにしてんのよっ？　どういうことか説明しなさい！」

「うっ、あっ……あぁン……実はね」

踏みにじられているというのに、綾瀬は変な声をもらし、恍惚とした表情でこれまでのことを白状した。

昼に会議室で蹴られてから、バッグから鍵を抜き取り合い鍵を作ったこと。最近、麗香がなにか隠しているようなので、それをつきとめようと思って部屋に忍び込んだことなどを。

「そう、そういうこと……勝手に合い鍵作ったの」

「うん。あっ、いたたっ！　うっ、もっと……ぉ」

腹が立って強く踏んだところ、悦びの声が返ってきたのに舌打ちする。変態を無闇に傷めつけても、なんの制裁にもならない。嬉しがらせるだけ損だ。

麗香は綾瀬から脚をどけると、怒りを紛らわすように床を蹴った。階下はたしか空き室だったので、迷惑にはならないはず。

すると、蹴ってもらえなくなった綾瀬が、慌てて起き上がり殊勝な様子で頭を下げてきた。

「ごめんなさいっ！　つい出来心で……だから、これからも虐げてください。他の男を苛めたりしないで！」

やっと出た謝罪の言葉に、麗香の表情が引きつった。蹴られないとなると従順になる。綾瀬と付き合っていると、自分の中の価値観が崩壊しそうだ。

部屋に不法侵入した理由もそうだが、なぜか綾瀬は捨てられると思ったらしい。しかも別の男を虐げていると思いこんでいる。

「アホか……」

脱力して呟く。

麗香には、異性を虐げて悦ぶ性癖はない。どちらかというと、ついかっとなり当たり散らしたあと、後悔し一人で凹んだりしているのだ。

だが、綾瀬が恋人になってから、そういう後悔はしていない。むしろ違う意味で虐げたことを後悔する。破れ鍋に綴じ蓋とはよく言ったものだ。

「あ、あのぉ……」

それまで空気になっていた管理人の声に、溜め息をついていた麗香はびっくりして振り返る。気まずそうな管理人の様子に、さっきとは違う意味で青ざめた。

綾瀬に対する静かな怒りで、管理人がいることを忘れて暴挙に出てしまった。後悔が大津波となって襲ってくる。

「彼は、恋人ってことでいいんですかね？」

「あ……はい」

ぎこちなく頷くのが精一杯だった。

「警察とかは……？」

「だ、大丈夫ですっ！　問題ないですからっ！」

それから麗香は、不審がる管理人に平謝りし帰ってもらった。明日からどんな顔をして会えばいいのか……。どよんとした気分で寝室のドアを開いて固まった。

さっきまで床に這いつくばっていた男が、椅子に座ってタブレットに向かっていた。真剣な表情で、画面をタップしているではないか。

さーっ、と血の気が引いていく音が耳元で聞こえた。

たしか「足コキ」を検索した画面のまま放っておいたはずだ。それを、綾瀬が見ている。

「ちょっ……あや、せっ」

こわばった声がもれる。綾瀬は液晶画面を見たまま口を開いた。

「麗香ちゃん、もしかして……足コキの仕方わからなかったの？」

図星をつかれ言葉を失う。羞恥と不安、戸惑いに、顔を覆ってその場にしゃがみこんだ。もう駄目だ。こんな情けない面を、綾瀬にだけは知られたくなかったのに。

「えっ！　麗香ちゃん、どうしたの？　お腹痛いとか？」

「……違うっ！」

駆け寄ってきた綾瀬に、ぞんざいに返す。しゃがんで、心配そうに顔をのぞきこんでくるのが鬱陶しい。

「どうせ……っ、私は足コキの仕方もわからないわよ！」

つい、拗《す》ねて逆切れする。こんなことで落胆され、振られるかもしれないと思ったら、悔しくてムカついてきた。

ところが、綾瀬は不思議そうに目を丸くして言う。

「まあ、一般的じゃないから普通はわからないものだよね。だから知らなくても恥ずかしいことじゃないと思うよ」

「……え？」

変態からのあまりに常識的な返答に、麗香は唖然とした表情で固まる。

「あ、もしかしてなにか勘違いしてない？　前から思ってたんだけど、別に無理して女王様っぽく振る舞わなくてもいいんだよ。僕は自然体の麗香ちゃんに虐げられるのが好きなんだから」

励ましてくれているのだろうが、相変わらず返答に困る内容だ。本当に、なんで自分はこんな男の恋人をやっているのだろう。

無言でいると、やけに真剣な目で今更な性癖の告白をされる。

「麗香ちゃん、僕はねマゾである前に脚フェチなんだ」

「だからなに？」

どっちが後とか先とか関係あるのか。不審げな顔で眉間の皺を深くすると、綾瀬が「わからないかなぁ」と嘆息し肩を竦める。ちょっとイラッとした。

「あのね、性的対象は脚であって虐げられることはオプション程度なんだ。別になくても困らないけど、あったらいいなってだけなんだよ。だから、足コキがわからないことで悩むこともないし、僕のことを上手く虐げられないかもって取り越し苦労はしなくていいってお話」

「え……でも、下僕とか虐げがいだとか、そういうことばっか言うじゃない！」

あんなに虐められることを悦んでおいて、今更なにを言いだすのだろう。納得がいかない。

散々悩んで思いつめた自分が滑稽だ。管理人にも変な場面を見られるし、足コキの仕方を検索していたことまで綾瀬にバレてしまった。踏んだり蹴ったりで、麗香のプライドはこの数十分でぼろぼろだ。

なんでこんな足コキごときに振り回されなくてはならないのか。くだらない上に情けなくて、怒りを押しのけて涙がこみ上げてきた。こんな変なことで惨めな気持ちになったのは初めてだった。

うつむいて小さく鼻を啜る。弱々しい姿なんて見せたくなかった。きっと綾瀬の好みではないから、呆れられるかもしれない。

もう駄目かもと思ったそのとき、そっと抱き寄せられた。綾瀬の広い胸の中に迎え入れられる。

めったにないシチュエーションに、麗香の心臓が高鳴った。

「ごめんね、麗香ちゃん。僕の性癖のせいで、こんなに不安にさせてたんだね」

いつも以上に優しい声が降ってきて、ふわりと頭を撫でられた。その大きな手の温もりに、とくとくと胸が甘く鼓動を打つ。

こういう包容力が綾瀬にあったことが驚きで、どぎまぎした。

「でも、もう無理しなくていいから。さっきも言ったけど、麗香ちゃんはそのままで充分素敵なんだ。今回だって、こうやって足コキについて検索してくれたし」

「そ、それがなんなのよっ」

やっぱり調べていたことを言われるのは恥ずかしくて、つんけんした物言いで返してしまう。

「本当のサドはね、優しくないとできないんだよ。ただ傷めつけるだけだったら虐めであって、そこに愛情はないから。僕はそんなの求めてない。でも、僕のことを思って足コキについて真剣に調べてくれた麗香ちゃんには、愛情がある。だからすごく嬉しかった」

痛みに悦んでいるのではなく、好きだから怒ってしまう姿に興奮しているのだと綾瀬は言った。怒りながらも、自分のために色々調べて尽くしてくれる麗香のことが本当に好きなのだと、甘い声で告白される。

今まで抱えていたプレッシャーや緊張が、ゆっくりとほどけてくるのを感じた。自分の悪い面をこんなふうに評価して愛してくれる人がいるのかと、言葉にならない感動で胸がぎゅうっと締め付けられる。

どうしていいかわからなくて、綾瀬のシャツを握りしめ、赤くなった顔を隠すようにその胸に額をこすりつけた。

「きっと麗香ちゃんには、良い女王様になれる素質があると思うよ」

「そうかな……ありが……」

良い話になりかけたところで、麗香はハッと我に返る。

なに、ありがとうなんて言おうとしているのか。普通の恋人っぽい雰囲気に呑《の》まれて流されそうになっていたが、話している内容は女王様と足コキだ。うっかり、この変態の世界に引き込まれている場合ではない。

「そんなこと言われても、別に嬉しくないわよっ！」

つい、かっとなって綾瀬を殴り飛ばしていた。再び床に転がった恋人は、嘆くでもなく、どこかうっとりとした表情で呻くように言った。

「やっぱり……麗香ちゃんは自然体が一番いいと思う」

4

「これでいいの？」

取り澄ましているが、どこか不安そうな声に綾瀬は笑みを返す。

ベッドに腰かけた麗香の右足は、目の前の床に座り込んだ綾瀬の股間に押しつけられている。まだお互いに服は脱いでいない。綾瀬がそうしてほしいと頼んだからだ。

「つま先で踏みにじるように、ぐりぐり押してくれないかな？」

「こ、こう……？」

麗香が恐る恐る足先に力をこめる。ぐっと踏みつぶされる刺激に、綾瀬は艶めいた溜め息をこぼした。

目の前でゆっくりと動き出した脚は、昼間、綾瀬が渡した黒ストッキングに包まれている。舐めるように視線を上に滑らせ、張りのある太腿を注視する。脛の部分に比べ、肌の色がよく透けて見えるのが艶めかしくて、綾瀬は喉を鳴らした。

「もっと……もっと、強くてもいい」

「……うん」

始め戸惑っていた麗香だったが、じょじょに動きが大きく激しくなってきた。綾瀬の息遣いが荒くなってきたからだろう。痛かったらどうしようという心配がなくなったためか、こちらを見下ろす視線に楽しげなものが混じる。

純粋な好奇心もあるのだろうが、理解できない性癖を小馬鹿にする雰囲気もある。それがたまらない。

「ねえ、これで気持ち良くなれるの？」

耳に髪をかけながら、見下すような視線で綾瀬をじろじろと観察する。その間も脚の動きは止まらず、馬鹿にでもするように愛撫がぞんざいなものになる。

だが、そうされるほど綾瀬の体は熱をおびてくる。

脚で愛撫されたところで、実際はそんなに気持ちの良いものではない。これだけで達す

ることも難しかった。

それでも麗香に足コキをしてもらいたいと思うのは、こういうシチュエーションに興奮するからだ。

愛しくて、美しい脚を持った恋人に見下され、嘲笑するような視線を向けられ、プライドを性欲によって踏みにじられる。この屈辱感に、なんとも言えない官能を覚える。

そしてなにより、脚はこうして下から見上げるアングルが一番美しい。だから、跪いてひれ伏して、踏まれなければ意味がない。

正直、なぜここまで脚にこだわるのか、綾瀬にもわからない。小学生のとき麗香に踏みにじられ、初めて快楽を覚えたことが刷りこまれているせいだとは思う。

だが、それはきっかけにすぎない。綾瀬の中に、もとからあった性癖が芽生えただけかもしれなかった。

そのきっかけを作った麗香の脚に、綾瀬は特に執着していた。執着は、彼女自身への恋心からだろう。

脚ならなんでもいいわけではないし、誰彼かまわず虐げられたいわけでもない。

麗香だから、こんなにも気持ち良くなれるのだ。

綾瀬のことを想い、秘かに足コキの仕方を調べてしまったり、女王様らしく振る舞おうと知らないことを隠そうとする。その健気さに、体だけでなく心も気持ち良くなる。

痛めつけられていても、愛されているのだ。それが甘美な官能へと繋がっていく。

「ンッ、あぁ……麗香ちゃん、我が侭聞いてくれてありがとう」

喘ぎ混じりの声でそう言うと、麗香の空いている左足を摑んだ。

「えっ、ちょっと……なにっ？」

急に脚を持ち上げられた麗香が、あせった声を上げる。

「この脚は、そのまま動かしてて。こっちは……」

「なっ……きゃっ、あぁンッ」

持ち上げた左足の指を口中に含んだ。予測していなかったことに、麗香から驚き混じりの嬌声が上がる。

一瞬、脚を振り払うような動きがあったが、力で押さえつけ、口に含んだ指を甘嚙みする。すぐに脚から力が抜けた。

もう何度も舐め回し、敏感な場所を知り尽くしている。どうすれば、麗香の抵抗を削いでしまえるかわかっていた。綾瀬は、彼女の弱い部分を執拗に舐め、吸い付いては、やんわりと歯を立てることを繰り返した。

「あっ、んっ……やっ、やめなさいッ」

切羽詰まった声が降ってくる。股間を嬲る脚から力が抜ける。

だが、かまわなかった。綾瀬には、もとから一人で気持ち良くなる趣味はない。むしろ、自分より麗香に気持ち良くなってもらいたい。

念願の足コキはしてもらったので、これからはこっちが麗香に尽くす番だ。

すっかり動きを止めてしまった右足に股間を擦りつけながら、捕らえた左足に舌を這わせた。

くるぶしの骨に齧りついていた歯が、かかとに向かう。アキレス腱を甘噛みし、ねっとりと舌でねぶってくる。

麗香は声を殺しながら、不安定なベッドについた腕に力をこめた。脚を愛撫されているのに、甘い痺れは全身を包み込むように広がり、体の中心でじんっと卑猥な疼きに変わる。上半身を支える腕が、びくっと跳ねた。

男の欲望を愛撫していた脚は、すっかり仕事を放棄し快感にびくびくと震えるだけ。その脚に、綾瀬のたぎった熱塊が押し当てられる。ズボンから取り出されたそれは、先端を淫らに濡らしていた。

ストッキングがその液体で汚され肌に張り付く。普段なら気持ち悪いと思うはずなのに、火照った体はその濡れた感触に興奮した。

熱くなった息を吐き出す唇が弧を描く。自分の体に興奮してひれ伏す男に、隠しきれない優越感がわいてくる。

擦りつけられる熱を気まぐれに足先で踏みつけると、綾瀬から震えた溜め息がこぼれて麗香の脛に当たった。ストッキング越しの吐息が、繊維にからんで湿った熱気を作る。肌が、ざわりと粟立った。

「ンッ……」

乱れる息を思わず飲み込む。じりじりと這い寄る快楽に、なぜか抗いたくなる。先に理性を失うのは、なんとなく悔しい。

脚に執着のある綾瀬は、麗香の感じる場所をよく心得ている。再会し恋人になってからは、脚にある性感帯を掘り起こされた。

なにもかも知り尽くした恋人の手が、ふくらはぎを揉みながら撫で上げる。マッサージされるような心地良さに溜め息がこぼれたが、あとから追いかけてくる唇と舌の卑猥な動きに官能を刺激される。気が緩んだところに侵入してくる甘美な毒は、麗香を優しく追いつめる。

「あっ、だめ……ぇ」

大きな手が、太腿を撫でながらスカートに侵入してくる。それと一緒に、内腿に鼻先を押しつけるようにして、綾瀬の顔が脚の付け根へとにじり寄ってきた。まるで犬みたいに鼻をこすりつけ匂いをかぐ。

「ちょッ……やめなさいっ」

敏感な内腿の肉を、冷えた鼻先が撫でる。くすぐったさに声が上ずった。躾のなってない犬にじゃれつかれているような卑猥な行為に、気持ちがいやらしく昂ってくる。

スカートをまくり上げ、脚の間に入ってくる頭を押さえつけるが、甘く蕩け始めた体は言うことを聞かない。濡れた中心に鼻をこすりつけられ、舌先でつつかれただけで全身の力がふにゃりと抜けた。

「ンッ、あぁ……いやぁ」

ストッキング越しに割れ目を這う舌がじれったい。上辺だけをさらう刺激がもどかしくて腰が揺れた。

頭を押しのけるはずの手指は、ねだるようにその髪にからまる。快楽に押し流され、秘部を押しつけるように腰を突き出すと、下着ごとストッキングを引き下ろされた。

もう我慢できなくなっていた麗香は、手伝うように腰を軽く上げる。あっという間にストッキングもショーツも剝ぎ取られ、露わになった秘所に綾瀬が顔を埋めた。

濡れた音が響き、ベッドがきしむ。麗香は切れ切れに甘い声をもらしては、奉仕する綾瀬の頭を撫でる。かき上げた髪からのぞく形の良い耳を指先でくすぐり、耳裏を愛撫する。今まで感じたことのない、愛しさがこみ上げてきた。

自分に自信がなく、恋人にヒステリックに八つ当たりしていた過去が嘘のように心が満たされている。綾瀬のような男は初めてで、かなり戸惑いはある。今も、怒ったり動揺したりすることは多いけれど、彼といると妙な安らぎを得られる。

麗香が上位でいられるからだ。それは平等ではなく歪んだ関係のようにも見えるけれど、綾瀬もそれを悦んでいるから、これでいいのだろう。

ただ、不法侵入したことなど、躾し直さないといけないことはある。たとえば、今さっき脱がせたストッキングを秘かに回収してポケットにしまっていることとか……。

　麗香は、秘所を舐め回している男の髪を掴み、強く引っ張って引き剝がす。痛みに小さく呻き声が上がるが、見下ろした男の目はうっとりと輝いていた。

「ポケットにしまったもの、置いていきなさい」

　なるべく冷たい視線で見下ろすと、目をそらされた。

「なんの、ことかな……」

「しらばっくれる気？」

　普段は従順なくせに、こういうときだけは絶対に引かない。綾瀬の言うように、マゾの前に脚フェチだというのは、このことかもしれない。

「もういいわ。あとで回収するから」

　綾瀬の肩を足先で強く蹴って床に倒した。そのまま体を踏みつけるようにして男に跨る。脚や秘部への愛撫でじれったくなった体が、もう限界だった。

　蔑むように見下すと、興奮した恋人の視線とからまり合う。

「麗香ちゃん……」

「罰として、今夜はもう私の脚に触っちゃ駄目だから」

　考え付く最大のお仕置きを口にし、麗香は猛った男の欲望に自ら腰を落としていった。

　太腿を触ろうとする手を払いのけ、つねり上げながら自分のいいように腰を揺らす。

　お預けをくらった悔しさと、快楽に息を乱す綾瀬の表情を見下ろし、ふふっと勝ち誇ったように笑む。麗香は今まで自分の中になかった感情に気付いた。

支配欲や独占欲とは違う、愛しさからなる嗜虐心。その中に潜む官能に、飲み込まれていくのを感じる。

まだ認めたくはないけれど、綾瀬の言う通り素質はあるのかもしれない。ただ、妙な性癖に巻き込まれたことが、少しだけ癪に障る。

どちらが、どちらに屈したのか。それはわからないけれど、愛しい男を虜にした優越感と愛しさをこめてその手を取る。

ぐちゅぐちゅと音をたてながら腰を揺らし、綾瀬のものを締め付ける。上がる呻き声に背筋がぞくぞくした。快感に目を細め、麗香に跨られて震える恋人を蔑むように見下ろしてあげた。

「隠したものを出したら、触らせてあげてもいいわよ」

快楽に濡れた声で高飛車に告げた。欲望に葛藤する恋人を、屈服させる悦びに酔いながら……。

第3章　踏まれ、詰《なじ》られ、ひれ伏したい。

1

「バスマットだよ！」

バスルームのドアを開いた花木麗香は、脱衣所の床に這いつくばったバスローブ姿の恋人を冷え冷えとしたまなざしで見下ろした。恋人の綾瀬正也は相変わらずの見惚れるような優男なのだが、今はその端整な顔をだらしなく緩めている。艶っぽいと評判の目は淫猥に潤み、恍惚とした表情をしていた。

息も乱れていて、バスマットになることでなぜか興奮しているようだ。正直、気持ち悪い。

「……どういうつもりよ？」

「だから、僕がバスマットなんだ。さあ、踏みつけて！」

返ってきた期待に満ち満ちた言葉に、麗香は眉間に皺を寄せ表情をさらに険しくした。

恋人がなにをしたいのかさっぱりわからなかった。

＊　　＊　　＊

「珍しいわね、麗香の予定が空いてるの。最近、週末は誘ってもこなかったのに」

「うん、ちょっとね……予定が空いちゃって」

少し言葉をにごしながら、麗香はコテでカールした栗色の巻き髪を指先で弄び、視線をバーカウンターの上に落とす。冷房のよくきいた店内は少し寒かった。

隣でグラスを傾けるのは、大学時代からの独身の女友達だ。

以前はよく週末に遊んでいた相手だが、麗香に恋人ができてからはあまり会えなくなっていた。彼女も恋人がいるが、お相手は土日が仕事で、週末は高確率で予定が空いている。

今夜は、そんな彼女から気まぐれに誘われ即答でＯＫした。駄目もとで誘った彼女はとても驚いていたが、久しぶりに会えることを喜んでくれた。

麗香も、気分転換になるかと思い楽しみにしていたのに……。いざ、彼女が指定した店までくると気分が沈んでしまった。

女二人でゆっくり話せる場所がいい。そう指定した麗香が連れてこられたのは、カップル客の多いバーだった。

たしかに不要なナンパにはあわない安心感があるので、女二人でゆっくりできそうだが、現在、恋人と微妙な空気になっている麗香にはつらい。つい綾瀬のことを思い出してしまう。

溜め息がこぼれた。

友人はバーカウンターに肘をつき、探るようにこちらの顔をのぞき込む。

「ふうん……前に言ってた新しい恋人に振られでもしたの？」

どきっとする言葉に、カクテルグラスを持つ手がこわばった。

「……別に、そういうんじゃないんだけど」

そう、まだ振られたわけではない。

麗香はワインレッドのグロスが塗られた唇を軽く尖《とが》らせ、先週の夜のことを思い出す。

＊　＊　＊

「あっ……はぁ、んッ」

麗香はうなじを反らし、綾瀬の上で腰を揺らす。乱れた髪が、汗で湿った肌をくすぐるように愛撫する。背筋が震え、ぞわりと甘い快感を全身に運ぶ。

濡れた唇をわななかせ、淫らな声をもらした。

雄を飲み込んだ蜜口が、反射的にぎゅっと締まる。びくんと膝が跳ね、体の芯から快楽に犯されていく。もっと深い刺激が欲しくて、貪るように腰を動かす。激しく抜き差しすると、ずぷずぷといやらしい音が寝室に響いて興奮した。

「うっ、ちょ……麗香ちゃんっ」

下になっている綾瀬が、艶めいた声で呻く。さっきから麗香にいいように貪られ、限界が近いのだろう。苦しげに眉が寄せられ、いいようのない色香がにじむ。虐めてやりたいような、踏みにじってやりたくなるような、そんな艶だ。

麗香は、細い顎をくいっと持ち上げ、エクステで伸ばした長い睫毛を伏せて綾瀬を見下ろす。口元を歪めて高飛車な笑みを作ると、マゾ気質のある恋人は喉を上下させて唾を飲み込んだ。

興奮しているのか、さっきよりも吐く息が荒い。麗香の膝に置いた綾瀬の手に、力がこめられた。

「麗香ちゃん、もう駄目だ……ごめん、我慢できないっ」

「え……ッ!」

腹筋を使って起き上がった綾瀬に押し倒される。二人を繋いでいた楔が抜けた。その衝撃にくらくらしていると、まるで逃がさないとでもいうように、普段の優しい彼からは考えられないような強い力で手首をベッドの上に押しつけられた。

「あっ、やんっ！　綾瀬ッ！」

急に変わった体勢に小さく悲鳴を上げるが、文句を言う隙もなく、さっき抜けてしまった繋がりが再び麗香の中に打ち込まれる。声もなく喘ぐと、綾瀬は抱えこんだ麗香の脚に頬を寄せた。

「はぁ……ずっとこうしたかった」

感極まったような溜め息とともにもれた声は、微かに震えていた。

綾瀬はふくらはぎの内側に頬ずりし、唇を寄せる。敏感になっていた麗香は、嬌声を上げて身をよじった。産毛に甘い静電気が走るような感覚がして、内腿が痙攣する。反射的に、脚が逃げようともがいた。

それを押さえつけ、綾瀬がふくらはぎに噛み付く。軽い痛みに脚が跳ねた。歯列の間か伸びた舌が、噛み付いた肌の上をねっとりとすべる。

甘い痺れが痛みを上書きし、抗いがたい疼きを腹の奥に生む。

「あぁ、綾瀬ぇ……っ」

麗香は蓄積され解放されない熱をどうにかしたくて、少し苛立って恋人の名を呼ぶ。けれど脚に夢中になっている綾瀬は、腰を動かすよりもふくらはぎを揉んだり口付けることに忙しい。

うっとりとした表情で麗香の性感帯を確実に刺激していく。恋人になってから念入りにこの性感帯を探り出され、開発された。麗香は与えられる官能に身悶えるしかない。

以前は、脚だけでこんなに感じたりはしなかった。

気持ち良いけれど悔しくて、脚ばかり愛撫する恋人を睨み付ける。快楽は麗香の中で解放されずに暴れ続けていた。

押し寄せては引いていく昂ぶりに、深い快楽を知っている体がじれる。主導権が移ってしまったことも腹立たしい。

「ンッ、あぁ……っ、綾瀬！　いい加減にしなさいっ！」

麗香は喘ぎが混じりそうになる声に力を入れて怒鳴ると、脚を抱える腕を振りほどいて恋人の横っ面を蹴った。

「うわっ……いたっ！」

膝がいい具合に男の頬骨に当たる。ただ、あまり力は入っていなかったので、大した衝撃にはなっていなかった。

膝蹴りをくらった綾瀬は、痛いと言いつつもどこか幸せそうな表情で、はあはあと息をついている。それがまたムカつく。

「麗香ちゃん、もっ……」

「駄目よ。ご褒美が欲しかったら、私を満足させなさい」

きつい口調で命令し、下半身に力をこめる。欲望を締め上げられた恋人が、小さく呻いた。

這い上がってきた淫らな痺れに、麗香も喘ぐ。吐き出す息に合わせて、全身が甘く震える。高揚して赤くはれぼったくなった唇から、催促するように恋人の名がこぼれた。

「綾瀬……えっ」

じれったさと苛立ちの混じった声を耳にして、綾瀬の様子が変わる。欲望に濡れた目に、獲物を狩るような鋭さがにじむ。けれど態度はあくまでも下手《したて》だった。

「ごめん、麗香ちゃん……愛してるよ」

なぜか謝りながら腰を動かし出した恋人は、麗香の脚を胸に付くぐらいまで折り曲げた。息苦しくて、潰れた声で抗議する。

「あっ……やぁ、綾瀬ッ！」

「ごめん、ごめんね。でも、もう無理。我慢できない」

上から叩きつけるように中を激しく突かれる。ぬちゅぬちゅと内壁を強くこすられ、感じる場所をえぐられて喘いだ。綾瀬は折り曲げた脚に口付けたり、指を這わせながら腰を振る。

無理な体勢のせいで苦しいはずなのに、中を突かれながら脚を愛撫されるとなんとも言えない快感に背筋がびくんびくんと震える。寄せては引いていた昂ぶりが、じらすことなく麗香を高みへと押し上げていく。

「あぁん、ひゃぁ！　いやぁ、んっ、そこ……イイ……っ！」

あられもない声があふれ出る。官能に腰をがくがくと揺らし、迫ってくる絶頂に期待して乱れた。

悔しいけれど、脚に執着する恋人に開発された性感帯は、我を忘れるほど麗香を感じさせる。膝裏を指先でくすぐられながら、すぼまる蜜口を押し広げるように激しく抽挿されるとたまらない。ぐちゅんっ、と最奥を強く突かれれば、つま先がくっと伸びて痙攣する。その指を綾瀬は口にくわえて甘噛みしたり、指の股に舌をねとっと這わせてくる。

「あ、あぁぁッ……！　もうっ……！」

　何度目かの突き上げで体がふわりと浮く感覚がして、身の内に溜まった火照りが弾ける。同時に、麗香の中で暴れていた欲望も果てた。

　息を吐き、甘い余韻にぼうっとしていると、恋人の体が覆いかぶさってくる。その背を抱きしめ、互いに無言でしばらく乱れた呼吸を整える。それから体がふわふわする感覚に意識がまどろみ、少しの間だけ二人で眠りに落ちていた。

　休日だったので夕方から抱き合っていたが、目が覚めると外はすっかり暗くなっていた。少しもったいないことをした気がしたけれど、今は仕事が落ち着いている時期。そのおかげで土日が休みで、今日はまだ土曜日だった。

だから今夜は、綾瀬の部屋に泊まることができる。

　麗香は一つ欠伸をしてベッドに起き上がると、隣を見下ろした。照明の消された部屋は暗く、ベッドの上に黒い塊が見えたが、手で探ってみると丸まった毛布だった。

　綾瀬はどこに行ったのだろうと首を傾げた時、寝室のドアが開いて廊下の明かりが差しこんだ。

「あ、麗香ちゃん。起きたんだ。シャワー浴びる？」

　バスローブ姿の綾瀬が、タオルで髪を拭きながら立っていた。麗香は、眠気でぼんやりしながら頷く。裸のまま綾瀬に促されてバスルームに行くと、脱衣所の壁にはいつも麗香が着るバスローブがかけられ、籠にはふかふかのタオルが用意されていた。

相変わらず用意がいいと感心し、ふと床を見ると、この場に相応しくないものが置かれている。

大きなリボンが付いたスモーキーピンク色のミュールだ。インソールはピンクと黒のストライプで、ヒールの高さは五センチほど。大した高さはないが、フローリングに傷が付きそうで、部屋で履くような靴ではない。

即座に見なかったことにして視線をそらした。だが、バスルームのドアに手をかけた麗香の背中に、綾瀬がどこか遠慮がちに言った。

「それ……良かったら、お風呂上がりに履いてみてくれるかな？　あ……気に入らないならいいんだ別に」

遠慮すべき部分が違うだろう。そもそも気に入る気に入らない以前の問題だ。そう思ったが、疲れていたので適当に相槌を打ってバスルームに逃げた。

「あ、そうそう。洗濯したんだけど、バスマットがまだ乾いてなくて……麗香ちゃんが出るまでにはなにか用意しておくから」

「別に、なくても大丈夫よ」

そう返事をしたあと、麗香は後ろ手でドアを閉め溜め息をもらした。シャワーを終える頃には、ミュールのこともバスマットのこともすっかり忘れてしまっていた。

「麗香ちゃん！　さあ、バスマットになった僕を踏んで！　できたらそこにあるミュールを履いてもらえると、とっても嬉しいな！」

バスマットの分際で、なにを要求してんだコイツ。と思ったが、麗香は奥歯を嚙むことで罵倒を回避した。

この変態を喜ばせてやっては、つけ上がるだけだ。

それにしても、なにをどうしたらバスマットになろうなんて考えるのだろう。ヒステリックで性格に難があることを自覚している麗香だが、趣味嗜好や性癖はいたって普通なので、恋人の唐突な変態行為が毎度理解できない。

ただ、綾瀬が重度の脚フェチでマゾ気質も合わせ持っているのは恋人になる前から知っていた。そういう変態嗜好を持った人間だと理解した上で、それでいいと自分の中で納得して恋人になった。

けれど毎回、恋人の性癖に付き合う気にはなれない。

特に、抱き合ったあとにシャワーを浴びてさっぱりし、もうそういう性的な余韻などなくなった今、変態的なテンションを見せつけられても引いてしまうというか、どっと疲れがこみ上げてくるだけ。さっきまであった心地良い倦怠感など吹き飛んでしまった。

ああ、蹴り飛ばして踏みつけてやりたい……！

その衝動をすんでのところで回避する。もうゆっくり休みたかった麗香には、変態を喜ばせてやる精神的余裕はない。

「麗香ちゃん？　ねえ、ねえ踏んでくれないの？」

美形の恋人が切なげに眉根を寄せ、濡れた子犬のような目で見上げてくる光景には、胸を打たれるものがある。だが、いかんせん床に突っ伏し「僕がバスマットだよ」などとほざいてはすべてが台無しだ。

「もしかして、素材がお気に召さなかった？　このバスローブ、綿百パーセントで肌触りのいいワッフル素材なんだけど、駄目？　シルクが良かった？」

自分が着るバスローブならば肌触りが気になるが、踏みつけるバスローブの素材に興味などない。そもそも踏みつけるつもりもない。

麗香は能面のような表情で足元の人間バスマットをまたぎ、籠に置かれたバスタオルを取る。あとはひたすら綾瀬を無視し、無言で体を拭いてバスローブをまとう。そしてこのまま彼の存在を無視して寝室に戻ろうとした。

「あれ？　あれ……もしかして、放置プレイ？　放置プレイなんだね！」

明らかに嬉しそうな声に、麗香の中のなにかがブチッと切れた。

「あああああああもうっ……ウザイッ！」

うっかりそう叫んで振り返ると、蹴り飛ばされる期待に目をキラキラさせた恋人が待ち構えていた。

しまったと思った麗香は、背中目がけて振り下ろそうとしていた脚を、すんでのところで方向転換して壁を蹴る。ゴスッと鈍い音がした。

「あっ……」

かかとに嫌な感触がして、青ざめる。恐る恐る壁のほうを見ると、かかとが壁にめりこんでいた。

頭に上った血が一気に下がって冷静になる。

「ごっ、ごめんっ！　やだ、どうしよっ……」

しゃがみこみ、確認する。壁紙が破れ、その下の石膏ボードに穴が開いていた。

「うわぁ……ごめん。弁償する！」

麗香は神妙な面持ちで振り返り、頭を下げた。それまで床に這いつくばっていた綾瀬が起き上がった。

「酷いよ、麗香ちゃん……」

普段優しい綾瀬のものとは思えない恨めしげな声に、少しイラッとした。自分が悪いということもよくわかっているのに、つい不貞腐れてしまう。

気まずさに床から視線を上げられないまま、唇をむっと尖らせ濡れた髪をイライラしながらかき上げる。

「だから、弁償するって言ってるじゃないっ」

「そういう問題じゃないよ！」

急に声を張り上げられ、麗香は反射的に顔を上げた。そこには恋人の不機嫌そうな顔があった。

初めて見るその表情に心臓が凍りつく。

いつだって、麗香になにをされても怒らない恋人だから安心していた。それに甘えて、自分はつけ上がっていたのかもしれない。

でも、素直になれない麗香は憎まれ口を叩いてしまう。本当は泣きそうなほど、怯えていたのに。

「……なんでよ。ちゃんと、謝ってるじゃない。これぐらいで怒らないでよ！　器が小さいわねっ！」

虚勢を張って声を荒げると、立ち上がって腕を組んだ。少しでも自分が優位に立ちたくて、いまだ座り込んだままの恋人を見下ろす。

壁に穴を開けた麗香のほうが悪いのに、なんて浅ましいのだろう。けれど、こうでもしないと情けないことに、無様に泣いてしまいそうだった。

「もうっ、たかが壁ごときに、いつまで怒ってるつも……」

「怒ってなにが悪いんだよっ！　僕が麗香ちゃんのこと好きだってわかってるくせにひどいよ！」

「……え？」

ぽかんとする。意味がわからずに何度か瞬きすると、綾瀬が勢いよく立ち上がり麗香に詰め寄ってきた。

「なんで壁を蹴るの！　僕より壁のほうが好きってことっ？」

あまりの迫力に、麗香は言葉を失い一歩後ろによろめく。綾瀬は剣呑な表情で、麗香の肩を掴むと壁に追いつめるようにして迫ってきた。

「どうして？　こんなに麗香ちゃんのこと好きなのに、どうして僕じゃなくて壁を蹴るわけっ！　しかも穴まで開けるなんて、なに考えてるの？　普通は恋人に対してすることだよね！」

綾瀬はやっぱり綾瀬のようだった。普通の恋人同士のような心配をした自分が馬鹿らしくなる。

最後のほうなんて、言っていることが明らかにおかしい。綾瀬の脳内の「普通の恋人」の定義はどうなっているのか？

麗香は安堵すると同時に、怒りが再燃してきた。

なぜ、こんな理解できない理由で責められなければいけないのか。そのせいで、無駄に悩んで怯えてしまった。

恋人を険悪な表情で睨み上げた。

「壁に嫉妬してんじゃないわよ！　この変態っ！」

そう怒鳴り付けると、それまで興奮してわけのわからないことを言っていた綾瀬が硬直する。しかしすぐに、感極まったように全身を震えさせ目を潤ませた。

「れ、麗香ちゃん……もっと……」

「だいたいね、アンタみたいな面倒臭い男に比べたら、変なことなんて言わない壁のほうがよっぽど素敵よっ！」

「うっ……ひどいっ。でも、もっと言ってくださいっ！」

綾瀬は、明らかに悦んでいた。潤んだ目を恍惚とさせ、再び床に膝をつき麗香の脚に縋り付いてくる。

「ホント、意味わかんないんだけどっ！　なにが普通の恋人よ！　普通は恋人を蹴ったりなんてしないし！　そんなことしたら私がＤＶじゃない！　アンタ、私を加害者にするつもり！」

「そんな……ごめんっ。そんなつもりじゃないし、むしろ土下座するんでＤＶお願いします！」

罵る麗香に、恋人が本気で土下座を始めた。それを見て、日頃、溜めこんでいた鬱憤が口を突いて出た。

「ふざけてんじゃないわよ！　誰がアンタのフェチに付き合うもんですかっ！　だいたい今までだって、その性癖にうんざりしてんのよ。私はアンタと違って特殊な趣味なんてないんだから、付き合うとすごく疲れるのっ！　たまにはいいけど、毎回はやめて！」

自分で思っていた以上に色々と溜まっていたようで、言葉が止まらない。いつの間にかうつむいてしまった恋人の様子がおかしいのにも気付かず、麗香は怒鳴り散らした。

「好きだから許してたけど、アンタの特殊な趣味にエッチが終わったあとまで付き合い続けるのはストレスなのよ！」

言い終わった途端、唐突に綾瀬が立ち上がった。

「えっ……なっ！」

顔を上げた恋人に、ぎょっとした。

「な、なに泣いてるのっ？」

「ご……ごめんなさい。ごめんね……ひっくぅ……っ」

嘘泣きなどでなく、本気で泣いていた。頬を涙で濡らし、しゃくり上げている。

成人男性とは思えない泣き方にちょっと引いてしまったが、そこは顔が整っているせいなのかあまり醜くはなかった。むしろ泣いてもやっぱり綺麗なんだなと、見惚れてしまう。

これで変態的な趣味さえなければ……。

そんなことをついぼんやり考えていると、綾瀬が涙で濡れた頬を手の甲で拭いながら踵を返した。

「ごめん、ちょっと頭冷やしてくるね……」

「え？　え、ちょっと待って綾瀬！」

脱衣所から早足で出て行った恋人は、リビングのテーブルに放置していた財布とキーケースを握ると玄関に向かった。

「綾瀬！　ねえ、なに？　どこに行くの？」

わけがわからずあとを追いかけていくと、玄関でサンダルを履いたところで綾瀬が振り返った。

「ごめんね。今まで僕の性癖のせいで、麗香ちゃんにそんなにストレスを与えてたなんて知らなくて……」

「え、いや……それは、そうなんだけど。でも、あの……」

やけに真剣な恋人の様子に気圧され、麗香は上手い言葉を見つけられなくて、玄関マットの上で立ちすくむ。

「本当にごめん。反省してくる。それから、打開策も考えるから……じゃ、今夜は一人になりたいから追いかけてこないでね」

「う……うん」

綾瀬の静かな勢いに負けて頷くと、目の前でドアが閉まった。一人ぽつんと玄関に残された麗香は、呆然として呟いた。

「どうすんのよ……あいつ、バスローブのまま出て行って。不審者で捕まるわよ」

＊　＊　＊

「なんていうか、こう……勘違いで嫉妬されちゃって」

さっきから喧嘩の原因を追及され、麗香は面倒になって適当なことをこぼした。かなり酔いは回っていたけれど、真実についてうっかり口を滑らせるほどではなかった。

それに嘘は言っていない。ただ、恋人が嫉妬した対象が、蹴られて穴のあいた壁だが……。

「ああ、あるある。仕事の関係なのに、同僚に嫉妬されたこと私もあったわ～」

腕を組み、うんうんと頷いている友人が羨ましかった。自分もそんな普通の嫉妬をされたいものだ。

友人はやっと好奇心が満たされた様子だったが、すぐにまた麗香に向かって身を乗り出してきた。

「て、ことは……今の麗香の恋人って嫉妬深いんだ」

「うん、まあ。そうかな……」

嫉妬深いといっても、嫉妬する方向が一般とはかなり違う。それが悩みの本質だが、これについては触れないことにする。

代わりに、話の続きを期待する友人にかなり要約した結末を教えてやった。

「それで、私が怒ったら家出しちゃったのよ」

あの夜、いくら待っても綾瀬は帰ってこなかった。麗香から連絡したくても、恋人のスマートフォンは部屋に放置されていた。

もしかしたら警察にでも捕まって、連絡がくるのではないかと思ったがそれもなく、夜が明けてしまった。それでもお昼になったら帰宅するかもと、綾瀬の部屋で待ち続けたが日曜日の夕方になっても戻ってはこなかった。

結局、麗香は夜には自宅に帰ることにした。

このまま日曜も泊まってしまえば、月曜に出社する綾瀬は一度は帰ってくるだろう。けれど、ここでずっと待っているのはなんだかプライドが許さなかった。

まるで綾瀬のことを心配しているみたいではないか。実際、すごく心配してはいたが、そう思われるのは癪だった。

麗香は後ろ髪を引かれる思いで帰宅し、翌日にはきっちり締め上げてやると心に決めていた。なのに……。

「どうしたの？　それで、家出した彼氏とは仲直りできたの？」

「それは……」

返答しにくい質問に、麗香は思わずしかめっ面になる。

「あー……まだ、喧嘩中なんだ」

言葉に詰まっていると、慰めるように肩を叩かれる。

「そういえば同じ職場なんだっけ？　気まずいよね」

「うーん……でも、仕事中は普通に接してるから」

これが不思議なことに、会社での綾瀬はいつも通りだった。もともと、そういうのを隠すことが上手な男ではある。仕事とプライベートを綺麗に切り離しているので、社内恋愛をしていても二人の関係に気付いている社員はいない。

むしろ感情が爆発しやすい麗香のほうが、ぼろが出そうなぐらいだ。変態でどうしようもない恋人だが、それ以外ではとても優秀だった。

「ふうん、じゃあ仕事終わってからは？」

「え……それも普通？　いや、なんか生き生きしてたかな」

「生き生き？」

驚いたような友人の声に、麗香ははっとして口元を手で覆う。ちょっと飲みすぎたようだ。余計なことを言ってしまった。

「なにそれ？　どういうこと？　恋人と喧嘩してるのに、生き生きしてるって……」

そんなこと、麗香のほうが知りたい。眉間の皺を深くし、グラスに残った酒を一気にあおった。

悶々としながら出勤した月曜日。家出してから会っていなかった綾瀬は、実にすっきりとした爽やかな笑顔で出社してきた。

気まずくて、どんな顔をして話せばいいのだろうなんて悩んでいた麗香は拍子抜けした。でも、ぎくしゃくするよりはいい。そう思って仕事をしていたが、恋人の様子になにか違和感を抱いた。

その気持ち悪さは、終業後にたしかなものになる。

同僚の目がないことを確認してから、帰り支度をする綾瀬に恐る恐る声をかけた。もちろん麗香から食事に誘うようなことはなく、あくまでもあの夜のことはなんだったのかと聞いただけ。バスローブ姿で出て行った彼のことを心配していたなんて、微塵《みじん》も匂わせない態度だった。

綾瀬は仕事中と同じ爽やかな笑顔で「あの夜は、唐突に家を出てったりしてごめんね。でも、もう大丈夫だから」と告げた。なにが大丈夫なのか、家出してからなにをしていたのか。その説明はなかった。

いつもなら、麗香が聞かなくても綾瀬はぺらぺらと自分のことをしゃべる。それが今回に限って多くは語らずに笑顔で誤魔化し、もう帰っていいかなとまで言う。

特にお互いに約束しているわけではないけれど、繁忙期でもなく、残業もなければ、社外で落ち合って食事をするのがここ最近の習慣みたいになっていた。その誘いもない。もちろん麗香から誘うなんて、プライドが許さなかった。

いつもと違う展開に戸惑っているうちに、綾瀬はこれまた爽やかな笑顔で足取りも軽く帰宅していった。その背中は、今にも踊り出しそうなほどうきうきしていた。

麗香はそんな恋人を呆然と見送ることしかできなかった。

もしかしたらあとから連絡があるかもしれない。そんなことを思いスマートフォンを気にしていたが、いくら待ってもメールはなく、気付けば自宅に帰りついていた。

こんなことが一週間続き、とうとう週末デートの誘いもなかった。今までは、どちらかが具合が悪いということがない限り、休日にデートをしなかったことなんてなかったのに。

今の綾瀬は、なにを考えているのかまったくわからない。今までだって、変態的な思考を理解できたことはなかったけれど、こんなふうに不安にさせられたこともなかった。

綾瀬はどうしようもない脚フェチではあるが、いつだって麗香のことが好きだと全身で訴えていた。おかげで、どんなに変なことを言われたりされたりしても嫌いになれなかったし、彼の気持ちを疑ったことはなかった。

それが今、揺らいでいる。

空になったグラスを見下ろし、麗香は肩を落として小さく息を吐く。新しいものを注文しようと顔を上げると、友人が心から心配そうにぽろりとこぼした。

「もしかして……浮気してるんじゃない？」

2

友の不穏な呟きが胸に重くのしかかったまま、麗香は月曜の朝を迎えた。憂鬱な気分で駅から会社への道を歩く。

浮気……。

まさか綾瀬に限ってそれはない。あの変態をそうそう受け入れられる女性はいないし、綾瀬なりのこだわりもある。その条件を満たした上で、さらに女性のほうが変態的な性癖を満たせるかとなると、相手は限られてくるだろう。

けれどそこに綾瀬の容姿や経済力などがプラスされると、性癖を受け入れる女性が他に出てくるかもしれない。そうなると選択の幅が広がってしまう。

いや、でも違うと麗香は首を振る。

綾瀬の脚に対するこだわりは並々ならぬものがある。そういう性癖がよくわからない麗香でも、恋人の熱意や本気だけは伝わってくる。脚ならなんでもいいというわけではないのだ。

なにより、綾瀬は麗香の脚に子供の頃から執着していると告白している。だから大丈夫。そう簡単に浮気なんてできやしない。

麗香の脚から浮気なんて……。

そこまで考えてなんだか虚しくなってきた。脚なのか……。重要なのは脚だけなのかと。

麗香は大きく溜め息をつき、鬱々とした気分で出社した。デザイン室のガラスドアを開くと、今日も朝から綾瀬は爽やかな笑顔を振りまいている。目の下の隈をコンシーラーで隠した、疲れ顔の麗香とは対照的だ。

「やあ、おはよう。花木さん」

「……おはようございます」

麗香はむっつりした表情のまま敬語で挨拶をする。プライベートでは自分のほうが立場が上だが、会社では綾瀬が上司だから仕方ない。

そんな態度の悪い麗香のことを咎《とが》める者は社内にはいなかった。上司の綾瀬も、ニコニコして受け入れている。これがいつもの光景だ。

会社で二人は仲が悪いと思われていた。主に、麗香が綾瀬を嫌っていると見られている。

麗香は自分の席につくと、仕事の資料を広げて目を通す振りをしながら綾瀬を盗み見る。

「これなんだけど、目を通しておいてくれるかな?」

「あ、はい。わかりました～」

綾瀬が営業の西野になにか書類を渡している。新しい仕事だろう。

西野は仕事のできは普通だが、ちょっと抜けていて単純なミスが多い。謝罪はするがその態度が軽薄で、何度か麗香の逆鱗に触れ罵倒されている男性社員だ。麗香に虐げられているという理由で、綾瀬は彼に嫉妬している。

そのせいか西野に少し冷たく接しているのだが、ここ最近はとても対応がソフトになっていた。今日も優しく微笑んでいる。

なにか悪いものでも食べたかと疑いたくなる。西野も、ちょっと怯えている様子だ。

「じゃ、よろしく」

綾瀬は西野の肩を優しく叩くと、自分のオフィスへと引き上げていった。そこはデザイン室の隣で、調光ガラスで仕切られた開放感のある部屋だった。音は聞こえなくても、不透明ガラスに切り替えない限りこちらから部屋は丸見えだ。

もちろん、綾瀬側からもデザイン室がよく見渡せる。

麗香は部屋に戻って仕事を始めた恋人にちらちらと視線をやる。遠目でもわかるぐらい、綾瀬は機嫌が良い。なにが楽しいのか、たまに口元がにやにやしていた。

休み明けの月曜日。ほとんどの者は憂鬱なはずなのに、綾瀬はなぜあんなにうきうきしているのか。

麗香とデートだってしなかったのに……。

昨夜の友人の言葉がよみがえり、また鬱々とした気分になる。週末デートができなかった翌日の月曜日は、今までなら綾瀬は落ちこんでいた。

やっぱり浮気なのだろうか？　でも、信じたくない。

暗い表情で顔を上げると、綾瀬と視線が合った。突然のことにびっくりして身動きできないでいると、彼の視線が麗香の肌をゆっくりと撫でるように下へと移動する。口元から笑いが消え、真剣な目つきに変わる。

麗香の背筋が優越感にざわめく。

さっきまで麗香以外のことに気を取られご機嫌だった恋人が、こちらに釘《くぎ》付けになっている。その視線がもたらす快感がたまらない。

わざとらしく脚を組み変えてみる。離れていたが、息をのむのがわかった。

以前から、仕事中に綾瀬が麗香の脚を盗み見ているのは知っていた。気付いていない振りをしていたが、内心では視線が気になっていたし、いい気分だった。

脚が見えないように机の陰に隠したり、物陰からちらちらと見せつけてはじらしていた。会社で不謹慎だとはわかっていたが、秘かな楽しみだった。

麗香はふふっと小さく笑い、手に持っていたボールペンをそっと床に落とす。それをパンプスの先で弄ぶように転がし、これみよがしに踏みにじった。

綾瀬の視線が集中するのがわかる。踏みつけられるボールペンに自分を重ね合わせているのだろう。

乾いた唇を舐め、男にしては色白な喉がなにかを欲するように動く。

麗香の脚に魅せられている。愉快だった。

もっと見ればいい。浮気なんて考えられないほど、麗香のことだけ考えればいい。そして我慢できなくなって、触らせてほしいと、踏みつけてほしいと懇願しにくればいい。

けれど、より強くボールペンを踏みつけたとき、はっとしたように綾瀬が視線を脚から引き剝がし、手元のリモコンを操作した。一瞬で透明なガラスが不透明に変わる。

「なっ……なにあれ！」

目を見開き、不透明になってしまったガラスを愕然として見つめた。まさかこんなふうに拒絶されるなんて、怒りで頰が熱くなる。

さっきまで男は麗香の脚の虜だった。なにが綾瀬を正気に返らせたのか。

あの家出した夜から、綾瀬が囚われているなにかのせいであることは間違いない。そのなにかは、麗香の脚よりも魅力的なのだろうか。

ショックだった。腹も立ったが、それ以上に胃を抉《えぐ》るような衝撃があった。

麗香の脚以上に、綾瀬が心を囚われるものがあるなんて許せない。許せないけれど、今まで恋人に対して持っていた自信が崩れていく。

麗香は自分の脚を見下ろして唇を噛む。苦しくて、切ない。

綾瀬はもう、麗香の脚に執着していないのだろうか。押し寄せる不安を誤魔化すように、潤みそうになる目で仕事の資料を睨み付けた。


それから週末まで、綾瀬のオフィスは不透明ガラスになったままだった。まるで麗香を拒絶するように。

同僚たちも不思議がっていたが、ちょっと外部にもらせない仕事をしているからという綾瀬の言葉に、上手く丸めこまれていた。納得していなかったのは、避けられている自覚のある麗香だけ。

綾瀬は調光ガラスを不透明にするだけでなく、あからさまに麗香のことを避けるようになっていた。もちろん同僚などは気付かない程度で、表向きはいつものにこやかで麗香のヒステリーにもソフトな対応を取る上司の仮面が外れることはなかった。

けれど、なるべく麗香の脚に視線が行かないようにしているようで、目がいってもすぐに外す。決して二人きりにならないよう配慮し、帰る時間もずらしたりと不自然だった。

当然、デートのお誘いもメールもない。綾瀬から連絡がくるのが常なので、こういうとき、麗香はどうしていいかわからなくなってしまう。

自分から誘うなりすればいいのに、メール一つ送信するのも怖くてできない。断られたらどうしよう。迷惑がられるかもしれない。そんな負の考えばかりが頭の中をぐるぐるする。

麗香なんて、綾瀬からのメールに面倒だからと返事をしなかったり、平気で断りの返信をしていたのに。いざ、自分がメールを送る立場になってみて、いかにひどいことをしていたかを思い知る。

ただ、綾瀬にしてみたら麗香のぞんざいな対応に悦んでいたので、あながち酷いとも言い切れない。

悶々と悩み続けたが、勇気を振りしぼって週末のデートに誘ってみた。返ってきたのは、休日はどうしても外せない用があるから月曜日の夜に食事をしようというメールだった。

3

「なんで私がこんなこと……っ！」

組んだ脚の先で、苛々とカフェテーブルの支柱を蹴りながら、麗香はストローでグラスの中に入ったアイスチャイをかき混ぜる。カラカラと氷が鳴る音がして、グラスに浮いた水滴がテーブルに落ちた。

カフェのテラス席に座り、道路を挟んだ向かい側にある小さくて古いビルの出入り口を、初夏の日差しに少し目を細めながら食い入るように見つめる。

麗香はいつもと違う装いをしていた。

地味なナチュラルメイクにサングラス。いつも綺麗にコテで巻いている髪は黒いシュシュでひとくくりにしただけ。アクセサリーは小粒のダイヤモンドが一つ付いているだけのネックレス。爪のカルジェルも剝がし、服装も麗香が持っている中で一番地味な紺色のワンピース。

それにオフホワイトの綿麻のカーディガンを羽織り、つばの広い白の帽子をかぶっていた。足元なんて紺色に白のリボンが付いたフラットシューズだ。

一応、変装のつもりだが、避暑地にいそうなお嬢さん的なコーディネイトで、違う意味で周囲の人目を引いていた。ただ、いつもの自分とはあまりに違うので、知り合いに見つかっても麗香だとはわからないだろう。

麗香が休日の朝からストーキングしている相手である綾瀬も、きっと気付かないはずだ。

それにしても、なぜこんな真似をしなくてはならないのか。自分から相手を追いかけなければいけないなんて、プライドの高い麗香にとって最悪の気分だった。

だが、週末デートを断られたことが気になって居ても立ってもいられなくなった。自分の誘いを断って、綾瀬がどこに行くのか知りたい。

気付いたら、早朝、綾瀬のマンションの前にいた。そして、出てきた彼のあとをつけていたのだ。

やっぱり浮気なのか……そんな不安が、麗香にこんな行動を起こさせた。

「あ……出てきた」

ビルのガラス扉に人影が見えた。身を乗り出すように腰を浮かせたが、出てきたのは目的の人物ではなかった。溜め息をついて椅子に腰を落とす。

現れたのは作業服姿の男性二人で、大きな段ボール箱を台車に載せていた。箱は大小様々で、やけに縦長だったり、逆にとても小さかったりと不揃いだった。

なにが入っているのだろうと見ていると、ビルの前に駐車させていたトラックにそれらを積んでいく。どこかに配達か、それとも仕事で使うものを運搬しているのだろうか。ぼんやりその作業を見つめていると、今度はスーツ姿の綺麗な女性が出てきた。

ビルに入っているオフィスの社員だろうか。土曜日なのに仕事なんて、サービス業関係か。

すると女性のあとに続いて綾瀬が出てきた。こちらは普段着で、Ｔシャツにジャケットというラフな格好だ。

「えっ、なんで？」

麗香は驚きに、組んでいた脚の膝をカフェテーブルの天板にぶつけた。アイスチャイの入ったグラスが倒れそうになる。

「誰よ、あの女……」

会話は聞こえないが、綾瀬は女性とにこやかになにか話していた。近くに行って盗み聞きしたい衝動に駆られるが、道路を挟んでいるのでそれもままならない。横断歩道は遠くにある。

だが、女性が仕事中だとしたら、綾瀬は客としてきたことになる。それなら、これは浮気ではないはず。

そう思いながらも、視線は女性の脚に移動していた。

タイトスカートから伸びた脚は、すらりと長いがやや肉付きが良い。胸も大きかったので、豊満な体型なのだろう。スレンダーな麗香とは逆のタイプだ。

きっと綾瀬の好みではない。ほっとしかけたが、子供の頃の自分が太っていたことを思い出してまた不安になる。

親の離婚や祖母の介護、慣れない家事。そこに成長期が加わって痩せることができた麗香は、また太ることに恐怖心を抱いていた。

もとの醜い自分には戻りたくない。また人から馬鹿にされるような体形になるなんて嫌だ。

その思いから、常に太らないようにと心がけ、体型維持には気を遣っている。おかげでスタイルは標準より痩せ型だった。

ただ、昔から脚だけは贅肉《ぜいにく》があまり付かない部分で、太っていた時も細かった。綾瀬はその脚を好きだと言っている。

ならばやっぱり、あの女性はタイプではない。大丈夫、と自分に言い聞かせる。

トラックに荷物を積みこんでいた男の一人が、ビルの中に戻り、再び段ボール箱を抱えて出てきた。そのとき綾瀬と話していた女性に声をかける。

トラックの荷物は女性の会社のものらしい。綾瀬も二人の会話に加わり、よろしくお願いしますと言うように頭を下げている。

どうも男の抱えている段ボールが、綾瀬が購入したもののような雰囲気だった。ということは、やっぱりあのビル内でなにか購入したのだろう。

だが、ビルを見上げても店らしい看板は出ていない。試しにスマートフォンで住所を検索しても、店舗の情報は出てこなかった。

「なんなの？　あれは、なに？」

麗香が首を傾げていると、綾瀬が一人で歩き出した。

女性は深々とお辞儀している。やはり店員なのだろう。

麗香も慌てて立ち上がり、綾瀬を追いかけた。できればさっきのビルに入り、どんな店なのか確認したかったが、それはあきらめることにする。

タイミング良く横断歩道を渡ることができ、距離を取って綾瀬の背後につく。休日の昼間、人通りの多い街中だったので尾行は比較的簡単だった。

綾瀬は相変わらず浮き足立った様子で、中心街へと歩いていく。そのままつけていくと、百貨店が立ち並ぶ通りへと入る。さらに人が増え、麗香が尾行していることは気付かれにくくなったが、逆に追いかけるのが難しい。

「あ、あれ？　ここ入っていった？」

よく待ち合わせに使われる百貨店の前で、綾瀬の背中を見失う。麗香は人の間をすり抜け、百貨店に入って辺りを見回す。

多分、ここで間違いないと思うのだが、エレベーターなどに乗られてしまったら見つけられない。あせってきょろきょろしながら店内を歩く。

「いた……あんなところに」

綾瀬は一階の婦人雑貨にある、ストッキングコーナーにいた。周りは女性ばかりなのに、その中で恥ずかしげもなく堂々とストッキングを物色している。

真剣さが後姿からも伝わってくるような異様なオーラを発していた。買い物客に紛れ、背後からそっと彼に近付いてみると、そのオーラがより強くなる。

麗香は渋い表情になった。

もう少し肩身が狭そうにするとか、せめてそのストッキングに向ける熱い視線を隠すとかしたほうがいい。これでは、プレゼントを選ぶ以外の目的があるのではないかと疑われそうだ。

妙な心配をしていると綾瀬の表情がぱっと輝き、なにか納得したようにうんうんと頷く。それからすぐに会計に向かい精算した。当然のように、ストッキングはプレゼント包装された。

「プレゼントって……私に？」

　恋人になってから、綾瀬がストッキングを贈る相手なんて麗香ぐらいだ。これまでも、何枚ものストッキングをプレゼントされている。おかげでストッキングを買わないでいい生活をしている。

　だが、そのストッキング使用後、数週間たつと麗香の手元からなぜか消えてしまう。なぜなら、週末に麗香の部屋にやってきた綾瀬が、チェストや洗濯籠の中から回収しているからだ。

　その後、回収したストッキングをどういう目的で使用しているか、恋人を問い詰めたことはない。聞きたくもないし、麗香の負担になっているわけでもないので、気付いていない振りをしている。

　嫌なことを思い出して少し引き気味になりつつも、会計を済ませた綾瀬のあとを追いかける。今度は、靴売り場へと入っていく。もちろん女性物の靴が置いてあるコーナーだ。サンダルやパンプスを物色し始めた綾瀬をしばらく観察していると、ヒールの高いものを中心に見ているらしい。

　ここでは、ストッキングコーナーでの倍以上の時間がかかった。

　途中、店員に声をかけられ、にこやかに相談しながら何足も靴を持ってきてもらい、床に並べて真剣に選んでいる。顎に手を当て、靴を見下ろす姿はなぜか様になっていて、店員はそんな綾瀬のことをちらちらと横目で見つめ、落ち着かない素振りだ。見惚れているのかもしれない。

だが、性癖を知っている麗香は冷ややかな目でしか見られない。

綾瀬は散々悩んだ末、足首まで紐《ひも》が編み上げになっているベージュのピンヒールのサンダルと、足の甲の部分に紫色のエスニック調な布が張られ、足首に革ベルトを巻いて留めるタイプのプラットフォームサンダルの二足を購入した。

どちらも麗香がよく知る憧れのハイブランドで、そう易々と買えるような値段の靴ではない。月収の半分以上が飛ぶような価格だ。それを一度に二足も購入する綾瀬に、店員は上機嫌だった。

サンダルもプレゼント包装され、さっきのストッキングと一緒に百貨店の大きな紙袋に収められ、丁寧なお辞儀で店から送りだされた。

綾瀬は百貨店を出ると、スキップでも踏みそうな足取りで真っ直ぐ駅に向かい電車に乗った。麗香も見つからないよう距離を保ちながら、同じ電車に乗り、あとをつけて下車した。

「え……ここって……」

降り立ったのは、恋人のマンションがある最寄り駅だった。

これから誰かと会うのではと思っていた麗香は、瞬きして駅名を何度も確認する。そうこうするうちに、綾瀬が改札をくぐって階段を下りていく。麗香も慌てて改札を通り、階段を下りようとしたところで足を止めた。

ちょうど階段を下りきったところで、綾瀬がスマートフォンを耳に当てて止まっている。見つかってはまずいと、そそくさと物陰に隠れて耳を澄ます。

誰と話しているのだろう。とても楽しそうだ。

「……もう駅前で……十五時にはうちに着く……」

かろうじて聞こえてきた内容に愕然とした。相手は家に上げるほどの仲なのかと。

いや、違うかもと頭を振る。家族や友人の可能性だってある。それなら別に不思議ではない。ただ、麗香の誘いを断ったとき、誰と会うか教えてくれなかったことだけが引っかかる。

電話を切って歩き出した綾瀬を追いかける。彼が下げた百貨店の紙袋をじっと見つめる。

あれをプレゼントするような相手なら、家族や友人ではないだろう。綾瀬は一人っ子で、女性の家族は母親だけ。

さっき百貨店で購入した二足のサンダルは、母親の年代が履くには派手なデザインだ。あんな高価なサンダルをプレゼントするほど仲の良い親戚や、女友達がいるという話も聞いたことがない。

やっぱり……浮気？

ずっと心を占めている疑惑がますます濃くなってくる。でも、信じたくなくて、麗香は別の可能性を願っていた。

あのプレゼントは麗香へのもので、月曜日に渡してくれるのかもしれない。贈り物をされるようなイベントはないけれど、ここ最近、麗香を避けていたお詫びのサプライズなんてこともあり得る。

そうであってほしいと祈るような気持ちでいると、いつの間にかマンションの前に着いていた。綾瀬がオートロックを開錠してマンションの中に消えていく。その背中を追いかけようか悩んだ挙げ句、部屋を見上げた。まだ明るい時間なので、窓に人影が映ることはない。

どうしよう……。

部屋まで乗りこむ勇気はない。見知らぬ女がいたら怖いというのもあるが、今日一日、ストーキングしていたのを知られたくない。だからといって、ここまできて尻尾を巻いて帰るのは癪だ。

浮気をしているのか、そうでないのか。せめて、それぐらいのことは摑みたい。

麗香は磨いただけでマニキュアもしていない爪を嚙み、眉間に皺を寄せる。なにかいい方法はないか。

しばらくして、マンションの前に見覚えのあるトラックが停車した。

「え……あれって、さっきの車じゃない？」

あの古いビルの前で、大量の段ボールを積みこんでいたトラックだ。見覚えのある二人の男性作業員が車から降りてくる。

男たちは、台車に大きな段ボールを五個ほど載せる。どれも大きさが違っていた。

もしや、すべて綾瀬の部屋に運びこむのだろうか。気になった麗香は、男たちについてマンションに入った。彼らは、インターフォンで綾瀬の部屋を呼び出している。

その横を、合い鍵でオートロックを開錠してエレベーターの前に行く。昇降ボタンを押して待っていると、男たちが台車を押してやってきた。

麗香はエレベーターを待っている振りをして、段ボールを盗み見る。伝票らしきものが付いているが、そこに会社名などの情報はない。綾瀬のフルネームと、なにか商品番号らしい数字とアルファベットが並んでいる。

この荷物はなんなのだろう？

結局、それがなにか謎のまま綾瀬の部屋の階にエレベーターが停まる。麗香は「開く」のボタンを押し、男たちを先に出してやる。そのあとエレベーターから降りると、綾瀬の部屋とは逆方向へ歩いていき角で曲がって体を隠す。壁からそっと顔をのぞかせた。

ちょうど綾瀬が玄関ドアを開けたところだった。男たちは、段ボール箱を次々と運びこんでいく。軽々とした様子なので、あまり重たいものではないらしい。

「組み立てますか？」

作業員の声が聞こえた。その申し出を綾瀬は、断ったらしい。

男たちは、「ありがとうございました」と言うと颯爽《さっそう》と帰っていく。

「組み立てる？　家具かなにかかしら？」

あの大きさであまり重たくないとなると、家電とかではないだろう。組み立てるというなら、家具類の可能性が高い。

あのビルの中には家具屋があるのかもしれない。受注生産のような、職人がやっている店とか。それぐらいしか、麗香には想像がつかなかった。

しばらくそこで綾瀬の部屋のドアをぼんやり見つめ、次の行動を決めかねていた。合い鍵があるので、乗りこもうと思えば乗りこめる。でも、そこまでの勇気をまだ持てないでいると、背後のドアが急に開いた。

びっくりして小さく悲鳴を上げ振り向く。不審げな表情をした若い女性が、こちらを睨んでいた。

「あの、さっきから人んちの前でなんなんですか？」

「あ……ご、ごめんなさい。知り合いの部屋を探してて」

不審者だと思われたらしい。麗香は適当な嘘をつき、笑顔で誤魔化してそそくさとその場を去る。結局、綾瀬の部屋の前にきていた。

唇を引き結び、インターフォンを睨み付ける。押すべきか躊躇《ちゅうちょ》したが、これで帰るのはなにか負けた気がする。

もう腹をくくるしかない。思い切ってインターフォンのボタンを押した。

呼び出し音が鳴り終わるまでがすごく長く感じる。緊張で息が詰まり、手の平に嫌な汗をかく。

別に、綾瀬に会いたくてきたわけではない。たまたま近くを通りかかって、この間、部屋に忘れ物をしたのを思い出したから、気まぐれに取りにきただけだ。そう言おう。

かなり強引な言い訳を捻り出し、綾瀬がインターフォンに出るのを待ち構える。

が、なかなか返事がない。家具を組み立てている最中で、すぐに出られないのかもしれない。

麗香は固唾を呑んで応答を待ったが、いつまでたっても返事はなかった。

「どういうことよ？　居留守？」

さっきの配達には出たのだから、いないわけがない。インターフォンのカメラで麗香だと確認して無視しているのだろうか。ムカムカして、麗香はもう一度インターフォンを押す。

やっぱり出ない。目尻の血管を痙攣させながら、三回ほど連打してみるが応答はなかった。

「綾瀬の分際で、私のこと無視するわけ？」

さっきまでのしおらしい感情はあっという間になりを潜め、一時的な激情でスマートフォンを取り出し綾瀬の番号にコールした。イライラしながら恋人が出るのを待つが、こちらもやっぱり応答しない。

ドアに耳を付ければ、中から綾瀬のスマートフォンの着信音が聞こえる。

「なんで無視してんのよっ！」

そのうちコール音が終わり、留守番電話サービスに繋がってしまう。チッ、と舌打ちして通話を切ると、もう一度ドアに耳を付けて中の様子を探る。

不審者としか言いようのない行為だったが、それなりにまだ冷静さは残っていた。持っている合い鍵を使うかどうか、まだ迷っていた。

すると、不意に中で呻くような声が聞こえた。なにか倒れるような物音に、体がこわばる。

まさか、具合が悪くて倒れているのではないか。

「ちょっ、綾瀬っ！　大丈夫なのっ！」

慌ててドアノブを何度も捻る。開くわけがないことに気付き合い鍵を取り出すが、あせって取り落とす。拾い上げ鍵穴に差しこんでも、手が震え上手く開錠できない。

やっと鍵が回ってドアを開くが、ドアガードがしてあった。

「ちょっ、どうしよ……あやっ……」

「はあ、はぁっ……ああっ、もっと！　踏んでください！」

恋人の名を呼びかけた麗香を遮り、あろうことか男の喘ぎ混じりの懇願が聞こえてきた。麗香は目を剝いて硬直する。

中でなにが起きているのか、想像もしたくなかった。

ドアノブにかけた指先が、かたかたと小刻みに震える。呼吸が浅くなり、喉にせり上がってきた吐き気に血の気が引いた。

ふら、と眩暈がしてよろめくと、ドアガードがかかったドアの隙間から女物の靴が見えた。あれは、綾瀬がさっき百貨店で購入したプラットフォームのほうのサンダルだ。廊下には開封された包装紙と箱、それにリボンが点々と散らばっている。

まるでプレゼントをもらった喜びが抑えきれず、行儀悪くほどきながら部屋の奥へと移動したようだ。

それをたどるように視線を移動させると、寝室のドアが開いていた。そこから綾瀬の声がもれている。

見たくない。そう思うのに、麗香の体は寝室の奥をのぞきこむように一歩前に乗り出す。

「ああ……綺麗だ。やっぱり、君の足にはこのサンダルが似合うと思ったんだ」

もれ聞こえる恋人の感極まったような震え声が、麗香の胸を抉る。あんな賛美をもらえるのは、自分だけだと思っていたのに。

毒々しい嫉妬心が体中に広がる。震える唇を噛み、ドアの隙間に腕を入れてドアガードを外そうとした。

寝室のドアの間から、女性のすらりとした美しい脚が見えた。ストッキングとピンヒールのサンダルを履いている。

麗香は動けなくなった。女性の脚があまりに美しかったからだ。

「あ……そんなっ」

自分でも驚くぐらい、弱々しくて泣きそうな声がこぼれ落ちた。

遠目だが、女性の脚は麗香と同等か、それ以上に均整がとれた美脚だった。肌も染み一つなく、ムダ毛も生えていない。

綾瀬にとって理想的な脚に違いない。その脚の持ち主が、麗香よりサディスティックな性格なら彼にとって申し分ないだろう。

いや、もう二人は深い仲に違いない。綾瀬の気持ち良さそうな声を聞いていればわかる。その証拠に、ストッキングとサンダルのプレゼントは、麗香のものではなかった。

それに女性は、最初からこの部屋にいて綾瀬の帰りを待っていた。もう合い鍵を渡すような関係なのだ。麗香から、あの女性に乗り換えるつもりなのだ。

麗香はよろよろと、その場から逃げ出した。なにも考えられず、考えたくなかった。

マンションを飛び出し、闇雲に走る。とにかく、綾瀬と女性が密会しているマンションから離れたかった。

息が切れ、足が痛くなってやっと立ち止まった。気付くと、見知らぬ公園にいた。

頬が冷たい。そっと触れると、濡れていてた。知らぬ間に泣いていたらしい。

乾いた笑いがもれる。

過去の恋人たちに浮気をされたことはない。別れるときに、涙を流したこともなかった。無駄にプライドの高い上に臆病な自分は、相手が別れを切り出す前に振っていたからだ。

これから捨てる男相手に流す涙なんてない。そう自分を奮い立たせ、涙をのみ込んできた。

だから男に浮気されたぐらいで、泣いたりしないと思っていた。むしろ怒り狂って、手酷く振ることを考えると思っていたのに。

涙が止まらない自分がおかしかった。でも、唇からこぼれたのは笑い声ではなく、嗚咽《おえつ》だった。

4

「別れましょう」

デザートのあとに出されたコーヒーには口を付けず、麗香は切り出した。カップを持ち上げた綾瀬は、不意を突かれて目を丸くしている。

月曜の夜のレストランの店内は、人がまばらで静かだった。照明も絞られ、テーブルに飾られたキャンドルの明かりが落ち着いた雰囲気を作り出している。

綾瀬が予約してくれた店だった。いつもなら彼のセンスの良さと、自分に尽くしてくれることに気分が良くなっていただろう。

今夜の麗香には、そんな浮ついた気持ちは微塵もなかった。

会話を邪魔しない程度のＢＧＭを聞きながら、沈黙して相手の出方を待つ。カップをソーサーに戻した恋人が視線を泳がせたあと、頬をぽっと染めた。

「麗香ちゃん、それってもしかしてプ……」

「プレイじゃないわよ」

先手を打って、先に否定してやる。綾瀬はショックを受けたのか、情けなく眉根を寄せ八の字にした。

「え……それじゃあ……」

「本気だから。私と別れて。というか、別れるって決めたから」

腕を組み、強い口調でたたみかける。平気な振りをしているが、精一杯の虚勢だ。

恋人を見下すようにツンと顎を持ち上げる。

昨日、一日考えて出した答えだった。本当は綾瀬のことがまだ好きで、別れたくなんてない。

浮気をされたと思うと、嫉妬や怒りよりも悲しみのほうが大きくて涙が止まらなかった。せっかくの日曜日を泣くことに使い切り出した答えは、自分から別れを告げることだった。

浮気相手と別れさせることも考えたが、綾瀬が相手の脚に執着してしまっているなら、麗香にもう勝ち目はない。

綾瀬を好きだという気持ちは残っていても、浮気はどうしても許せない。一度許したとしても、これから先、綾瀬の顔を見るたびにマンションでのことを思い出し苦しむだろう。もう、好きという気持ちだけではなくなって、恨むようになるかもしれない。

それなら付き合っている意味なんてない。別れたほうが、お互いのためだ。

「じゃあ、そういうことだから。これからは、ただの同僚に戻りましょう」

麗香はハンドバッグと伝票ホルダーを手に取る。いつもはすべて綾瀬が支払ってくれていたが、別れるのだからさすがに甘えられない。今までおごってくれたのだから、今夜ぐらいは麗香がすべて支払おう。

本当は浮気のことを責めて詰ってやりたい気持ちもある。けれど、マゾ気質の男相手では、逆に悦ばせてしまうことにもなりかねない。

ならば最後は潔く、なにも言わずに身を引こうと思った。変態的な嗜好の恋人にとっては、それが最大の復讐になるかもしれないからだ。

「まっ、待って！　待ってよ、麗香ちゃんっ！」

それまで状況をのみ込めない様子で呆けていた綾瀬が、急に椅子を蹴って立ち上がった。腰を浮かせかけていた麗香は、びっくりして再び椅子にすとんと座り込んでしまった。

静かな店内が微かにざわめき、いくつかの視線が遠慮がちにそそがれる。

「なんで？　なんで唐突に別れるなんて言うの？　こないだのこと、まだ怒ってるの？」

「ちょっと、落ち着いて。みんな見て……」

「落ち着けるわけないだろうっ！」

普段、常識人を装っている綾瀬が、外で取り乱すと思っていなかったので言葉を失う。いつもの穏やかさがなく怖かった。

「どうして！　この間のことで、麗香ちゃんに嫌われたくないからって、もうずっと色々我慢してて……自分を抑えられなくなるから、脚だって極力見ないように気を付けてさ。それでやっと代替品を手に入れて、少しは衝動をどうにかできるようになったっていうのに！」

綾瀬がぼろぼろとこぼす内容に麗香は愕然とした。なんなんだその、よくわからない努力は。

しかも聞き捨てならないことまで言っている。

「なんで今さら別れるなんて言うんだよっ！」

「そっちこそ、代替品ってなによ！　浮気してたんじゃないの！」

まるで責めるような綾瀬の言い方に、ついかっとして大声で言い返す。興奮していた綾瀬が、はっとしたように口元を手で押さえた。

「あ……えっと、あの……違うから。なんでもないから！」

「はぁ？　なにが違うのよ？　代替品について詳しく説明してもらおうじゃないの」

浮気なのか、なんなのか。それについて知る権利が自分にはある。ただ、ここにきて浮気ではないかもしれない可能性が出てきたことに、麗香は安堵していた。

ともかく、あの美脚の持ち主である女性について知りたい。

「ほら、言いなさいよね！」

麗香も椅子を蹴って立ち上がると、淡い水色のクロスがかかったテーブルをばんっと叩いた。

その剣幕に、綾瀬がびくっと体をこわばらせる。いつもなら、ここで恍惚とした表情をのぞかせるのだが、今日に限ってはあせったままだ。

これはなにか重要なことを隠しているに違いない。ひょっとしたら浮気どころの騒ぎではないのかもしれない。

恋人を脅すように、麗香はすうっと目を細めて睥睨《へいげい》する。

「言えないようなことなわけ？」

「ち、ちがっ……」

「じゃあ、言いなさいよ！　言わないっていうなら、吐かせるわよっ！」

吐かせる方法なんて知らないが、とりあえず脅す。普段なら悦ぶはずの綾瀬が、青ざめて震えていた。

ますます怪しい。麗香はばんっ、と再びテーブルを叩く。そこでやっと店員が飛んできた。

「お客様、どうなさいました？　他のお客様もいらっしゃるので……」

「そうだよ、麗香ちゃん。周りに迷惑だから、どこか場所を移して話そう。駅前のホテルを予約してあるから、そこに行こう」

「ホテル？」

麗香は顔をしかめて綾瀬を睨み付けた。

「なんでホテルなんて予約してんのよ？　アンタのマンションでいいじゃない」

明日も仕事だというのに、ホテルを予約するなんて不自然だ。休日ならともかく、平日夜のデートで抱き合いたい場合は、会社から近い綾瀬のマンションに行くのが常だった。

「もしかして……マンションに見られたくないものでもあるの？」

綾瀬の表情がこわばる。今にも卒倒しそうな様子に、麗香の不信感はますます強くなった。

もしや、あの女がマンションにいるのではないか。浮気相手かセフレか知らないが、そんな女と二股なんてされたくない。

「アンタのマンションに行くわよっ！」

そこで白黒はっきりさせよう。本当は潔く別れたかったのに、綾瀬がおかしなことを言いだしたせいで、大人しく身を引けなくなった。もう、これは意地だ。

「ちょっ、麗香ちゃん！　駄目！　お願いだから、マンションには……」

「うるさいわね！　私が決めたことに逆らうんじゃないわよっ！」

引きとめようと腕を掴む綾瀬の手を振り払い、手に持っていた伝票ホルダーを顔面に叩きつけた。

「それ、払っておきなさい！」

痛みに恍惚としかけて一瞬出遅れた綾瀬を置いて、麗香は走るようにしてレストランを飛び出す。すぐに通りかかったタクシーに乗りこみ、綾瀬のマンションに直行した。

タクシーから降りると、麗香は以前きたときとは違う、迷いのない足取りで綾瀬の部屋に向かう。オートロックを開き、合い鍵で部屋に侵入した。

玄関と廊下の電気をつける。部屋に人がいる気配はなかった。

無造作に靴を脱いで上がりこみ、まずは突き当たりのリビングに向かう。電気をつけて部屋を見渡すが、前に泊まったときと特に変わったところはない。新しい家具なども増えていなかった。

次に洗面所とバスルームを見ていく。麗香が持ってきた歯ブラシやシャンプーにコンディショナー。トリートメント剤やメイク落としはあるが、他の女のものは見当たらない。勝手に使われた形跡もない。

少なくとも、ここに泊まりこんでいるわけではないらしい。

もしやあの美脚の女性は、性的なサービスを出張でおこなう風俗関係者なのだろうか。麗香で満たされない性欲を、綾瀬はそういうサービスで補おうとしたとか？

だから代替品なんて言い方をしたのだろうかと、首を傾げる。

それならマンションにくることをあんなに嫌がらなくてもいいはずだ。やっぱり、ここになにか見られては困るものがある。

深呼吸をすると、一番怪しい寝室に向かう。本当は最初にのぞきたかったのだが、少し怖くて躊躇《ちゅうちょ》していた。

見知らぬ女でも寝ているのではないか。そんな恐怖があったからだ。

寝室のドアノブに手をかけ、一呼吸置いてから思い切って開いた。

暗い部屋の中央にあるベッドがこんもりと盛り上がっている。誰か寝ているのだろうか。

心臓がドキドキし、ベッドへと踏み出す一歩ごとに緊張感が高まる。毛布の膨らみは、麗香の気配や足音にぴくりとも動かない。熟睡しているのか、それか誰もいなければいいのにと思いながら、毛布の端を摑み一気にまくり上げた。

「……ひっ！」

毛布の下の物体を見て、小さく悲鳴をもらした。

暗がりの中で、カーテンの隙間から差しこんでくる淡い月明かりに照らされたそれは、人間の下半身に見えた。

「なによ……脅かさないでよ。マネキン？」

麗香は眉をひそめ、ベッドサイドのテーブルに置かれている間接照明のリモコンを押しながら、そのマネキンのような物体に触れてみた。次の瞬間。

「え……きゃあああああ！」

淡い照明にぼんやり照らされた物体とその手触りに、悲鳴を上げて腰を抜かす。

「ひっ……ひいっ……な、なに？」

さっきまでマネキンのような物体に触れていた手を、まじまじと見つめる。額や背に脂汗がじっとりとわく。

手触りはマネキンとは似ても似つかない、人肌の感触だった。柔らかくて弾力があり、しっとりとした質感もあった。

恐る恐るベッドの上に視線をやる。その物体は、どう見ても女性の下半身で、裸の死体の一部に見えた。

「な、なんで、こんなものが……」

もしや犯罪かとパニックに陥る。

綾瀬は変態的嗜好で、脚フェチでややマゾ気質な性癖がある。でも常識はわきまえていて、罪を犯すような人間ではないと思っていたのに。

とうとう越えてはならない一線を越えてしまったのだろうか。

脚が好きすぎるからって、いくらなんでもこれはない。浮気だとか、許せる許せないだとかの範囲を超えている。

だからこそ麗香を遠ざけ、部屋にくるのを嫌がったのか。これで納得がいった。

あの古いビルの店から運びこまれた段ボール箱は、この死体に違いない。あそこは犯罪組織のアジトなのかもしれない。

「け、警察っ！」

恋人を売るようなことはしたくないが、放っておくことはできない。バッグからスマートフォンを取り出し、震える指で警察に電話しようとした。

「麗香ちゃん！　待ってっ！」

騒々しい音を立てて、部屋に綾瀬が飛びこんできた。

「きゃあっ！」

「お願い！　嫌いにならないでえええええっ！」

綾瀬はそう絶叫し、スマートフォンを握っていた麗香の手を鷲掴《わしづか》みにする。そして、懇願するように正座して頭を下げた。

「ごめんなさいっ！　これはほんの出来心で！　魔が差したっていうか……麗香ちゃんのことが好きすぎてしてしまっただけだからっ！　お願い、許してえええええ！」

「な、なに言ってんのよっ！　で、で出来心でこんなことして！　私が許すとか許さないとかの問題じゃないでしょ！　この犯罪者！　しかも好きだからって意味わかんないんだけど！」

動揺に上ずる声で、男を叱りつける。

「いくら脚フェチだからって、やっていいことと悪いことがあるでしょ！　アンタがこんなことしでかしたのは、私のせいもあるのかもしれないけど……ちゃんと世間様に謝りなさい！　罪を償いなさい！」

叱咤《しった》しているうちに、涙で目が潤みしゃくり上げた。

こんな犯罪に手を染めるほど、恋人を追いつめてしまったことが悲しくて、自分が不甲斐《ふがい》なくて悔しい。もっと早くに気付いて、なぜ止めてやれなかったのか。

こうなってまでも、やっぱり麗香は綾瀬のことが好きだった。警察になんて突き出したくないとまで思う。

「馬鹿……もう、どうしてこんなことしたのよ……！　こんなことになるなら、もっと私がアンタの要望に応えてあげたのに。相談しなさいよ、馬鹿ぁっ！」

こらえていた涙がぼろぼろと溢れる。綾瀬の前で、無様に泣き崩れたのは初めてだった。

「ひっく、うぅっ……ちゃんと待ってるから……」

「え……麗香ちゃん？　どういうこと？」

「だから、アンタが罪を償って出てくるまで待っててあげるから。それぐらい好きなんだからっ！　自首しなさいって言ってんのよ！」

最後は泣きながらキレて、声を張り上げていた。こんな夜に、近所迷惑だとか、そういうことは考えられなかった。

だが、麗香の手を両手で握りしめた恋人は、反省するどころか頬を薔薇《ばら》色に染め、目をきらきら輝かせ、明らかに喜色を浮かべていた。

「ちょっと、なに喜んでんの？」

涙声で咎めて睨み付けると、綾瀬はふにゃりと表情を緩めた。

「だって、こんなすごい告白受けるなんて……もう、興奮していっちゃいそう」

とんでもない感想を鼻息荒く返され、しばし呆然とする。ひと呼吸置いて、綾瀬に掴まれていない自由なほうの手で、その頬を思いっきり引っ叩いた。

ぱあんっ、と小気味いい音がして綾瀬の上半身が傾く。相変わらず、恍惚とした表情のままだ。

麗香は摑まれた手を強引に引き剝がすと、まだ震えている膝に力を入れて立ち上がり、座り込んだままの綾瀬の腕を摑んだ。

「ほら、警察に行くわよ！　付き添ってあげるから、感謝しなさい！」

そう言い終わると同時に、綾瀬がすごい勢いで立ち上がり抱きついてきた。

「きゃあぁ！　な、なんなのっ！」

「好き！　麗香ちゃん大好き！」

ぎゅうぎゅうと抱きしめてくる腕が苦しい。こんなときでなければ、率直な告白も嬉しかっただろう。

「蹴られてもいないのに、優しいことを言われてこんなに嬉しいのは初めてだよ！」

「ちょ、はぁっ？　今はそんなこと言ってる場合じゃ……」

「あのね、それ勘違いだから」

「は……勘違い？」

体を離した綾瀬が、でれでれした笑みで大きく頷く。どういうことかと睨み付けると、綾瀬は部屋の電気をつけてベッドを振り返った。

「これ、よく見てみなよ」

「え、や……やだっ」

綾瀬がベッドの上の死体らしきものを両手で持ち上げ、麗香に近付ける。気持ち悪さに後ずさった。

「大丈夫。これ死体じゃないよ」

「え……？」

そう言われ、まじまじとその物体を見つめると、よく似てはいるが人の肌とは違うことにようやく気付いた。

「これはね、シリコン素材でできたものなんだ」

「へえ……そうなの。よくできてるわね」

恐る恐る触ってみる。さっきは突然のことにびっくりし、すぐに手を離してしまったが、よく触ってみると人とはやはり違う。ただ、とても精巧で人間の肌や弾力に近いものだとわかった。

ほっとして、全身から力が抜ける。

「で、これなに？　新しいマネキンとか？」

それにしては、作りがリアルすぎる。まず足の爪まで本物のようだし、指も一本一本精巧に作られていて、握ったり開いたりできるような仕様になっている。足の甲から足の付け根までの肌も、薄く青い血管らしきものが透けて見える。膝裏の筋肉の筋も綺麗に再現されていた。

なにより、腰から下の、脚の付け根の部分。要するに性器まで再現され、陰毛まで植えられているのはおかしい。

「もしかして……」

麗香はあることに思い当たり、顔から表情を失くす。

「これって、ラブドールってやつじゃないの？」

綾瀬が、その場を誤魔化すような笑みを浮かべる。肯定したも同然だ。

「ちょっと、なに考えてんのよっ！　この変態！」

「でも、犯罪をするぐらいなら、その変態の要望を聞いてくれるんでしょ？」

揚げ足を取るような言葉に、麗香は言葉を失う。さっきまでの醜態と、勘違いからの告白を思い出し、頬がかっと熱くなる。

「嬉しいな。まさか、犯罪者でも好きだと言ってくれるなんて思ってなかったよ。しかも、出所するまで待っててくれるとか、自首するのに付き添ってくれるなんて」

襲いかかってくる羞恥心に、麗香は口をぱくぱくさせることしかできない。今すぐここから走って逃げたかったが、動揺しすぎて身動きさえできなかった。

「これって、熱烈なプロポーズだよね！　もちろん僕の答えはOKしかないから！」

表情を輝かせる恋人にうろたえる。恥ずかしいやら悔しいやらで、軽くパニックだった。

「か、勘違いすんじゃないわよ変態！　だいたい、なんでこんなもん買ったのよ！　アンタがこんなもん買わなければ、私はあんなこと言わないですんだんだからね！」

責任転嫁するが、いまいち迫力に欠けていた。綾瀬はというと、相変わらずへらへらした表情で幸せを嚙みしめている。

「だって、麗香ちゃんが僕の要求に応え続けるのも疲れるって言うからさ、負担を減らそうと思ってね。これを特注したんだ」

「と、特注？　馬鹿じゃないの？」

「普通はラブドールって全身だけど、僕の場合、必要なのは脚だけだから。特別に、下半身だけ作成してもらったんだ」

　この支柱にセットすると、立たせることもできるんだよと嬉々として説明する恋人に、麗香は表情を引きつらせる。

　綾瀬がこの足に踏みつけられていたことを思い出した。要するにこれは、自慰の道具ということか……。

　浮気でも死体でもなくてほっとしたが、まだ妙な嫉妬心が胸の奥をちりちりと焼いている。

「ふん……良かったわね。これで私がいなくても、満足できるんじゃないの？　アンタ好みの脚みたいだし」

　無意識に口からこぼれた言葉に、はっとさせられる。シリコンの脚に嫉妬していた。

　綾瀬ならば細部にまでこだわり、自分の理想の脚を再現させたに違いない。麗香の脚より、もっと理想的なはずだ。そしてこれは、形が崩れることも年老いていくこともない。

　人間である麗香の脚よりも、完璧な脚だ。

　いつか自分は年老いる。そのとき、綾瀬は落胆するだろう。麗香の脚から興味をなくすかもしれない。

それがいつ訪れるのか、麗香は不安を抱えていた。新しい完璧な若い脚を見つけ、自分は捨てられるのではないか。そんなことを考えて落ちこんでしまうこともあった。だからこの関係はいつか終わるもの。そう、どこかで覚悟していた。

だが、そんな憂いは綾瀬の言葉であっさりと打ち消された。

「なに言ってるの？　レプリカがオリジナルに敵《かな》うわけないじゃん。これは麗香ちゃんの脚を再現したものなんだからね」

「え……私の脚？」

理解できなくて瞬きする。綾瀬はそれに答えるように、言葉を続ける。

「僕は麗香ちゃんの脚が最高だと思ってる。だから麗香ちゃんの脚を再現してもらったんだよ。素晴らしいできだろう！　でも、やっぱり生身の麗香ちゃんの脚には絶対に勝てるわけがない！　あくまで、これは代替品なんだってば！」

「……再現って、どういうことよ？」

興奮して力説する恋人に、やや腰が引けてきた。

「秘かにずっと麗香ちゃんの脚を写真や動画に収めてきたんだ。それを資料に３Ｄの模型を作って実寸大で作ってもらったんだ。すごいでしょ！」

たしかにすごい。すごいけれど……全体的になにか間違えている。

「写真や動画ってどういうこと？」

思わず真顔で聞き返す。声は低く脅すような調子だったが、綾瀬は気にする様子もなく嬉々としてスマートフォンを取り出し写真と動画を見せてくれた。

麗香が寝ているときを狙って撮られたものが多かった。動画には、以前、会社で抱き合ってしまったあと、麗香がストッキングを履く場面が撮影されていた。あのとき新しいストッキングを懐から取り出した綾瀬を殴り飛ばしたのだが、まさか盗撮されていたなんて。油断も隙もない。

「あ、ちなみにこの画像には手を加えて脚の部分しか業者には見せてないから。安心して。さすがに麗香ちゃんのあられもない姿を赤の他人に見られるのはムカツつくからね。でも、本当だったら脚だって見せたくないけど……ああ、でもこんな美脚の恋人持ってるってちょっと自慢したい気持ちもあったかな」

綾瀬は感慨深げに溜め息をつき、自慢の恋人だよともらす。嬉しい言葉なのだが、この男が言うとなにもかも残念な褒め言葉になってしまう。

麗香は、ぴくぴくと痙攣するこめかみを指で押さえる。このラブドールの脚が自分のレプリカで、嫉妬しないでいいのは理解したけれど、なんと言っていいかわからない混沌《こんとん》とした気持ちに支配されている。

ここまで想われているのは嬉しいことだ。自慰の対象が自分というのも喜ぶべきことなのかもしれない。だが、やっぱり素直に恋人の愛を受け入れることができなかった。

ラブドールをベッドに戻した綾瀬が、麗香の両手を握りしめて言った。

「そうそう、誤解がないように言っておくけど。これから先、麗香ちゃんが年老いても、その脚に飽きたりなんてしないから。ただ若いだけの美脚に魅力なんてない。生きてきた年輪が刻まれていく美脚を魅力的だと思う。だから僕は、これから変わっていく麗香ちゃんの脚をずっと傍で見守っていきたいんだ」

真摯に言い募る綾瀬の綺麗な目に、吸い込まれそうな感覚がした。なにかすごく感動的なことを言われている。多分これは麗香の不安を一掃する、愛情深い告白だ。

つい、胸がきゅんとときめいてしまう。綾瀬の大きな愛にのみ込まれそうになる。

だがやっぱり、そんなときめきを押しのけるように全身に鳥肌が立った。

「キモッ！」

思わず口を突いて出たのは素直すぎる感想だった。

「キモイッ！　アンタやっぱり頭おかしいわよ！」

握られた手を振り払い、鳥肌が立った腕を抱きしめて顔をしかめる。もう暑い時期だというのに、寒気がする。

「ひどいよ。そんな今さらなことで、責めないで。さっきの麗香ちゃんのプロポーズに対する返事なのに……でも、その罵倒が気持ち良いぃっ」

はあはあ、と綾瀬の鼻息が荒くなる。

「感じてんじゃないわよっ！　つか、その盗撮したやつ、全部削除しなさいよね！　あと、このラブドールも捨てろっ！」

「や、やだよっ！　すごく高かったし！　まあ、盗撮はいいよ……コピーたくさんあるし、そもそも記憶に焼きつけてあるから」

「そのコピーも削除しろっ！　記憶も消せっ！」

麗香はそう怒鳴ると、ベッドにあったラブドールを掴み、それで綾瀬の頭を殴りつけてやった。男は恍惚とした表情で床に倒れ、さらなる虐待を待ち望むようにこぼした。

「麗香ちゃんに、麗香ちゃんの脚のレプリカで殴られるなんて幸せ……」


「これで、いい……？」

着替えた麗香を見て、バスローブ姿の綾瀬は興奮気味に頬を上気させて大きく頷く。

麗香は黒いブラジャーの上に男のシャツだけを羽織り、黒のストッキング。足には十センチはある華奢なデザインの黒いピンヒールサンダルを履いていた。

サンダルは綾瀬が前から用意していたもので、あの下半身だけのラブドールが履いたサンダルよりも高価なものだった。いつか、このプレイをするためにと買ったらしい。

変態もいいところだ……。プレイのためだけに、ここまでお金をかけるなんて。

だが、もっと変態的なのはストッキングの下にショーツをつけていないことだろう。それが綾瀬の要望だった。

ショーツをはいていない恥部が、ストッキングの股の縫い目に擦られて妙な感覚を生む。麗香は落ち着きなく腕を組み、眉をひそめる。

「……この、変態っ」

忌々しく睨み付けて吐き捨てるが、綾瀬にとってはそれも愛撫に等しいのだろう。息を乱れさせ、麗香をうっとりと見つめる。

まとわりつくような熱っぽい視線が鬱陶しくて、麗香はそれをよけるように背を向けた。

「麗香ちゃん、好きだよ。ありがとう、僕の望みを叶えてくれて」

「別に、アンタのためにしてんじゃないわよ。望み通りにしたら、すべての写真と動画削除するっていうから……」

なんだか言葉にしていたら、だんだん腹が立ってきた。土下座で懇願されたものだから、仕方なく言うことを聞いてやったというスタンスだったが、よく考えてみたら、これは脅されたのとなんら変わらない。

苛立たしさについ爪を噛む。そのとき、ふと妙な視線を感じて綾瀬を振り返る。

「ちょっ！　なにしてんのよっ！」

綾瀬が中腰になり、デジタルカメラを構えていた。下から見上げるようなアングルで、麗香のあられもない姿を撮影しようとしていたのだ。

「あ、動かないで。すっごく良い画が撮れそうなん……」

「削除するって言ってるそばからなにしてんのよ、この変態っ！」

反射的にデジタルカメラを奪い、綾瀬の横っ腹に蹴りを入れる。男は潰れた声をもらし、床に倒れ伏した。

「ぐうッ……麗香ちゃん、それ返し……ぐはっ！」

　手を伸ばし、立ち上がろうとする男の背中を蹴りつけ、立ち上がれないように靴先で肩甲骨の間の辺りを踏みつける。体重をかけ、呻いている綾瀬が起き上がってこないのを確認し、麗香はデジタルカメラの画像データを再生した。

「たくっ、最初からこれ出してれば、こんな格好しないですんだのに」

　麗香は舌打ちし、再生画面に映し出された自分の画像を削除していく。いっそ全削除をしてしまいたかったが、関係ない画像まで削除してしまったらと一つ一つ確認して消した。

　しばらくするといくら進んでも麗香の画像は出てこなくなった。麗香が消したのは、今のこの姿のデータのみ。他はないのかと進めるが、気付くと見覚えのある画像に戻ってきていた。

「え？　これで終わり？」

　おかしい、と首を傾げる。足の下で、男の喘ぐ声が聞こえた。

　麗香は、はっとして背中を踏みつけていた足を慌てて下ろした。うっかり喜ばせている場合ではない。

「やっ……麗香ちゃん、意地悪しないで。もっと……」

「ぎゃっ！　放しなさい！　キモイじゃないっ！」

　下ろした足を、ぎゅっと摑まれる。逃げようと脚を引くが、思いのほか力が強くて身動きできなくなる。

綾瀬は、異様にぎらぎらした目で麗香を見上げてきた。

「逃がさない……せっかく踏みつけてもらえたのに」

「なっ……アンタまさか、図ったわねっ！」

デジタルカメラでの撮影は罠《わな》で、目的は麗香を怒らせて踏みつけてもらうことだったのだ。綾瀬が下半身だけのラブドールを作るきっかけとなったあの夜、踏んでもらえなかったことをまだ根に持っていたのか。

「放しなさい！」

デジタルカメラをぶつけてやりたい衝動をなんとか堪え、怒鳴り付ける。けれど今夜に限って綾瀬は強情だった。

「やだ！　だって普通に頼んでも踏んでくれないじゃないか！　この間だって！」

「この間のあれが普通の頼み方だって言いたいわけっ？　頭おかしいんじゃないの？」

「ああ、おかしいよ！　でも、僕をおかしくしたのは麗香ちゃんだ！」

それを言われると弱い。過去、自分が虐めたせいで綾瀬はこんな性癖を持ってしまったからだ。それさえなければ、普通のイケメンとして順風満帆な人生を送れただろうに。

「憶えてる……？　昔もこうやって踏んでくれたこと」

綾瀬の声が静かになる。昔を懐かしむように、目つきが穏やかになった。

「女の子と下校して、別れたところで麗香ちゃんに後ろから突き飛ばされ、道路にひれ伏したんだ。その背中を、麗香ちゃんは踏みにじりながら僕のことを罵倒してくれたよね」

虐めた記憶はあるが、自分はそこまでひどいことをしていたのか。過去の自分にどん引きだ。

麗香が苦虫を噛み潰したような表情になっているのとは対照的に、綾瀬は過去の素晴らしき日々を懐かしむように目を細める。表情だけだと、なんだかとても良い話をしているように見えて嫌な気分だった。

「最初はね、痛くて悲しくて踏まれるのが嫌だった。だけど、見上げた先に麗香ちゃんの脚があった。すごく綺麗な脚で、痛みも忘れて見とれてしまったんだ。あのとき、僕は初めて快感を知った。甘美な衝動と重なるように与えられる痛み。それに体が反応した」

綾瀬の口から初めて聞く、性に目覚めた時の話だった。これがきっかけで麗香の脚に執着し、ずっと想いを寄せてくれていた。

「あのときから麗香ちゃんの脚だけでなく、すべてが好きだった。罵倒も蔑みも、僕の心を捕らえて離さなかった。麗香ちゃんは、僕の人生を変えてしまったんだよ」

胸が甘くざわついた。

この男の性衝動を、自分は支配している。それも過去から刷りこみ調教したのも麗香だ。イケメンで仕事もできて性格も温厚で、上辺だけは非の打ちどころのない男を、麗香が所有している。優越感に、背筋がいやらしく痺れた。

自分もしょせん変態なのかもしれない。だが……。

「だから、踏みつけてください」

最後にそう懇願され、現実に引き戻される。

「やっぱり気持ち悪い男ね」

そう吐き捨て、縋り付かれていないほうの脚で背中を踏みつけてやった。けれど、口元には隠しきれない笑みが浮かんでいる。

気持ち悪いのに、それが麗香をエクスタシーに導く。執着されるのがたまらなく気持ち良い。

「本当に頭おかしいんじゃないの？　踏まれて悦ぶなんて。気色悪い」

本気でそんなことは思っていなかった。むしろ愛しいと思うから、こんなことができる。綾瀬の望み通りにしてあげたいと。

詰っているのに、不思議と尽くしている感覚だった。

力をこめて踏みつけるたび、綾瀬から艶の混じった苦しげな息が吐き出される。床に押しつけた下半身が、怪しく動く。それを蔑むように見下ろしていると、綾瀬がちらちらと視線を動かし麗香の脚の間を盗み見ている。

その視線に、麗香の奥が疼いて息が上がる。ストッキングに擦られた恥部が蜜を滴らせていた。

「なに見てんのよ？」

剣呑な声を発し、背中をがんっと強く踏む。綾瀬は痛いと言って呻きながらも、視姦《しかん》する目を決してそらさなかった。

脚を動かすと、ストッキングの縫い目が襞《ひだ》を分けるように動いて食いこむ。その感触と綾瀬の熱がこもった視線がからまり、まるで愛撫されているような感覚を生んだ。

麗香は乱れる息を整えながら、恋人を責める。

「見ていいなんて許可してないわよ。この変態！」

「はぁ、はっ……麗香ちゃん、もっと……」

「もっと踏まれたいわけ？　本当に変態ね。生きてて恥ずかしくないの？」

蔑む言葉の数々に、綾瀬は感じているようだった。麗香の足の下でびくびく震え、官能に身悶えている。

ぐっ、とかかとに力を入れ、ピンヒールの先で抉るように背中をぐりぐりと踏んでやった。苦痛と快感の混じった声が上がり背がのけぞる。

きっと痣《あざ》ができるだろう。でもそれが、綾瀬にとっては悦びなのだ。

もっと踏みにじってやろうとした次の瞬間、綾瀬が耐えきれなくなった様子で起き上がる。唐突に足場を失った麗香はよろめいて、後ろにあったベッドの上に尻もちをつく。

そこにバスローブの前をはだけさせた綾瀬が覆いかぶさってきた。情欲に濡れた目でじっと見つめられ、麗香は言葉を失う。

「麗香ちゃん、もう我慢できない……」

綾瀬はそう言うと、麗香の脚の間に体を割り込ませ、太腿に顔を埋めた。

「触って、舐めて、匂いをかいで記憶したい」

言いながら麗香の脚を撫で、ストッキングの上から舌を這わせて匂いをかぐ。忙しない息遣いが繊維越しの肌に当たり、その熱気が広がっていく。じわりと体の奥が火照りだす。官能でしっとりと湿り気をおび始めた肌にストッキングが張り付き、ぴりぴりとした痒みにも似た疼きが生じる。じれったくて腰をよじる麗香の脚を、綾瀬は息を乱しながら愛撫した。

男にしては細くて長い指が太腿の外側を揉み、唇と舌でストッキングをしゃぶるようにして内腿を舐め回す。膝裏に下りた指が、裏側の筋を指先でたどる。

「ンッ……！」

びくんっと、脚が大きく震えた。痺れるように走った、甘いくすぐったさは腰の辺りで淫らな感覚にすり替わる。蜜を溢れさせる最奥が、じんっと疼いた。

綾瀬と付き合うようになってから知った快楽だった。こんな場所が感じるなんて、それまでは知らなかった。綾瀬と再会して、麗香も性癖を変えられたのだ。

綾瀬は麗香の膝に口付け甘噛みする。そこもまた性感帯に育て上げられていた。

円を描くように膝の周りを撫でた痺れが、甘い電流になって肌の上を駆けていく。

恋人の手はふくらはぎを撫で下ろし、足首を掴んで持ち上げた。誓いでも立てるように、恭しく足の甲に口付ける。

けれど興奮に息が乱れていて、神聖さはちっともない。あるのは、執着と欲望だ。

脚をさらに高く持ち上げられ、足裏にも口付けられる。

「あっ……きゃぁッ」

鼻息と濡れた舌の感触に、思わず甘い悲鳴を上げる。反射的に足を引っ込めようとするが、強く摑まれ指にむしゃぶりつかれた。

「あぁ、あンッ……！」

足の裏は、他の部分とは違う感覚をもたらす。くすぐったいのに、それが途中から快感へと変化して麗香を恍惚とさせる。

「ひゃぁ、いや……あぁんっ」

くすぐられるような感覚に、最初は笑い声がもれる。けれどしばらくすると、くすぐったさの上に淫らな痺れが重なり、混じり合って新たな快楽を生む。

それに身悶え、切れ切れに喘ぎ続けた。

最初の頃はくすぐったいばっかりで、やめてと綾瀬の顔をよく蹴り飛ばしていた。今はこの愛撫を気持ち良いと感じる。嬲られているのは足裏なのに、快感が散るのは全身だった。

まるで遠隔から性感帯を刺激されているみたいに、触れられていない場所も肌が粟立つ。見えない手で愛撫されているみたいに。

麗香はもっと感じたくて、自ら自分の体に手を這わせる。これもいつものことだった。

ブラジャーの肩紐を外し、敏感になった胸を揉む。その中心で硬くなった乳首を撫でまわし、指で押し潰して、たっぷりと快楽を堪能する。

男の脚への愛撫で過敏になった上半身は、自慰なのに自慰とは違う官能を作り出す。それに麗香は夢中になる。

綾瀬も、麗香の脚に耽溺《たんでき》していた。執拗に足の指を舐め、口腔《こうくう》に含んでくちゅくちゅといやらしい音を立てる。唾液がからみ付いたストッキングのつま先はすでに破かれ、その穴から侵入した舌先が、指の股を執拗に舐めていた。

それをぼんやりと見つめながら、麗香は疼く股の間に手を伸ばす。ぬるり、とした感触が指に伝わる。

触れられてもいないのに、しとどに濡れそぼったそこは、ストッキングの縫い目が食いこみ襞をかき乱していた。脚が少しでも動くと、くちゅくちゅと濡れた音をたてながら擦れて恥部を刺激する。

麗香は喘ぎながら、指を這わせた。けれど硬い縫い目が邪魔をして、自分にいいように愛撫できない。じれったさに、むずかるような声をもらした。

ふと、脚の愛撫がやんだ。綾瀬が体を屈め、麗香の指に重ねるように手を置く。

「ごめん、麗香ちゃんのこと放っておいて。僕は堪能したから、今度は麗香ちゃんを……」

麗香の指を押しのけ、綾瀬は脚の間に顔を埋めた。ストッキングの上から、舌が這う感触に体が震えた。指が、襞を刺激する。

「あっぁ、ん、くぅ……はっ、あぁぁっ」

もどかしさに身をよじると、布が裂ける音がして指が侵入してきた。続くように入ってきた舌も、襞や肉芽を舐め回す。唇全体を使うようにむしゃぶりつき、音を立てて吸いつく。あっという間に、唾液でぐちゅぐちゅにされる。

「あぁ、ン……もっとぉ……！」

ずっと欲しかった愛撫に、腰が揺れるのが止まらない。甘い声を上げ、爪を立ててシーツをかき乱す。背筋が、くんっと反る。

抑圧されていた快楽の渦が、昇りつめるのは早かった。

「はぁ、あぁぁ……っ！」

体がふわりと浮く感覚に、頭がぼうっとした。けれど熱が弾ける前に、愛撫は引いていった。

「あ、やっ……綾瀬ぇッ」

咎めるように名を呼べば、代わりに熱く猛ったものを押しつけられた。

「麗香ちゃん、いいよね？」

「当たり前でしょっ。早くしなさいよ！」

いちいち確認する恋人を睨み、命令する。けれど声は甘く乱れていて、意地っ張りの懇願のように寝室に響いた。

「あぁぁッ、ひぁ……！」

綾瀬のものがゆっくりと侵入してきた。蜜にまみれた中が満たされていくのに、溜め息がこぼれる。さっきそらされた絶頂が、すぐに打ち寄せてきた。

再び体が甘い痺れに包まれて、視界がぼやける。覆いかぶさってくる男の背中を抱きしめ、麗香は官能の波にさらわれていくのを感じながら爪を立てた。


「さあて、今日はどれにしようかな」

鼻歌でも歌い出しそうな、浮かれた声が聞こえて麗香は目が覚めた。ぼんやりと瞼を持ち上げ、声がしたほうに寝返りを打つ。

寝室の隅に支柱で立たされた下半身だけのラブドールの前に、パジャマ姿の綾瀬が跪いている。右手にはショーツ、左手にはストッキングが、それぞれ五色ほどかかっていた。

「今日は晴れてるから、ブルーのショーツにヌードベージュのガーターフリーストッキングにしようか。これなら夏の暑さでも、お尻が蒸れないよね」

寝覚めに、すごく気色悪い独り言を聞いてしまい、ベッドの中で無表情になる。

その冷ややかな視線に気付いたのか、綾瀬が振り返った。

「あ、麗香ちゃん、おはよう。朝から、そんな目で見つめられたら……困る」

なにが困るだ。ぽっ、と頬を染めるな気持ち悪い。麗香は眉間の皺を深くした。

蔑むような態度に興奮したのか、綾瀬が息を荒くしている。本当にどうしようもない性癖だ。

麗香は裸体をブランケットで隠しながらベッドに起き上がり、乱れた髪をかき上げて睨みつけた。

「その人形で、毎日着せ替えしてるわけ?」

声が刺々しくなる。苛々した。

多分、これは嫉妬だ。それも自分の脚のレプリカに対して。

間抜けすぎる嫉妬に、腹が立つ。

「う、うん……ほら、裸だと可哀想だし」

可哀想は関係ないだろう。ただ単に、綾瀬が着せ替えをしたいだけだ。

以前、ストッキングを履かせてみたいと要求され、拒絶したことを思い出す。そういう満たされなかった欲望を、こういう形で満たそうとしているのだろう。

うつむいてもじもじする恋人を見下ろしながら、麗香はフローリングに足を下ろしベッドに腰かけた。

「いいわよ……私がやらせてあげる」

「……え?」

間抜けな顔をする綾瀬に妖艶な笑みを向け、麗香は見せつけるように脚を組んだ。

「そのストッキング、私に履かせなさいよ」

高飛車に命令した途端、綾瀬の表情がぱあっと輝いた。

癪だったが、レプリカにかまう恋人の姿は面白くない。こんな嫉妬をするぐらいなら、彼の望みに付き合うぐらいはしてやってもいい。

「で、返事は？」

「はいっ、喜んで！」

「飲み屋かよ」

ぼそっと突っこんだ麗香の言葉などスルーして、綾瀬がいそいそと足元に駆け寄ってきた。そして、膝に縋り付きながら言った。

「ありがとう。できたらこれから毎日、麗香ちゃんにストッキングを履かせたいな」

「なに言ってんの。気持ち悪い」

軽くいなして鼻先で笑う。でも、悪い気はしなかった。

そしてこれが、後に綾瀬からのプロポーズだと判明する。

知らずに脚を差し出した麗香は、変態な恋人のプロポーズにＯＫしたことになっていた。

第4章　愛し、愛され、踏まれたい。

1

もう一週間も踏まれていない……限界だ。

キッチンで湯を沸かしながら、綾瀬正也は飢えた目つきで恋人の脚を盗み見る。リビングのソファに座った恋人の花木麗香は、さっきから苛立たしげにテレビのチャンネルを変え続けていた。

結局、天気予報の番組に合わせてリモコンを置く。六月上旬、雨が降ると冷える日もありますと、女性の気象予報士が高い声で告げていた。

それを睨み付けるように見る仕事帰りの恋人は、ドレスシャツの上にグレーのスーツをまとい、マーメイドラインのスカートからはほっそりとした形の良い脚を伸ばしている。

ラメ入りのストッキングは、綾瀬と麗香の勤めるアパレル会社の自社製品で、美脚に見せる引き締め機能があると、今、巷《ちまた》で大人気の商品だ。

その開発には綾瀬も大いに貢献した。世の中に美脚が増えることは、自分にとって心の安寧であり、また恋人にそのストッキングを履かせたかったからだ。

もちろん、恋人の麗香は道具の力など借りずとも完璧な美脚である。だが、その美脚がさらに美脚になるのを見たいという野望が、綾瀬の情熱に火をつけ、ブランドのＭＤとして開発部を手助けした。開発費用などで上と熱く掛け合うこととなったのだが、その話は今は関係ない。

自分の素晴らしい仕事ぶりによって誕生した美脚ストッキングと、天然の美脚とのコラボレーションを目の当たりにして、つい興奮で脱線してしまった。綾瀬は乱れかけた息をなんとか整え、キッチンの出入り口からそっと恋人の美脚に熱のこもった視線を送る。

そもそも本来なら、もっと早くにこの美の競演を、間近で踏みつけられながら観賞するはずだった。一週間前に喧嘩……否、失態を犯さなければ。

麗香がソファの背もたれに深く体を預け、長い脚を優雅に組み変える。スカートの裾にあしらわれた大振りのフリルが、ストッキングに包まれた張りのある太腿を撫でる様を、綾瀬はうっとりと見つめた。

ああ、あの脚に頰ずりをし撫でさすり、そして罵倒されたい。床に蹴り倒され、顔を踏まれてストッキングの縫い目の感触を頰で味わいたい。

一週間もお預けをくらったせいで、止まらない妄想にさいなまれていると、ピピッという電子音が響いた。ハッとして我に返ると、電気ケトルの注ぎ口から湯気が上がっている。

綾瀬は慌てて、麗香にリクエストされた紅茶の用意を始めた。戸棚から取り出したのは、恋人が好きな紅茶ブランドの缶。ミルクティーに合うアッサムだ。

会社ではコーヒーをブラックで飲む彼女だが、実は甘いものが好きでミルクティーにはいつも角砂糖を三つ入れる。それなのになぜブラックを飲むのか。

本人曰《いわ》く、ミルクティーはキャラじゃない。そんな可愛らしいものを飲んでいたら、変な目で見られるなんて言う。

だが実際には、苦いのを我慢してしかめっ面でコーヒーを飲む麗香は、周囲から怖がられている。なにか怒っているのではないか、機嫌が悪いのかと陰で言われていることを彼女は知っているのかどうか。普通の顔でミルクティーでも飲んでいたほうが、変な目で見られるどころか安堵され、好感を持たれるだろう。

恋人の無駄なイメージ戦略を、綾瀬は可愛いなと微笑ましく見守っている。

「ちょっと、まだなの？」

恋人の可愛さを思い出してにやにやしていると、リビングから鋭い声が飛んできた。綾瀬はびくっと肩を震わせたが、返事をする声は興奮で息が乱れていた。

「はっ、はい、ただいまっ！」

出来上がったミルクティーと茶請けのマカロンをトレイに載せ、小走りにリビングに駆けつけ、ガラスのローテーブルの上に並べる。当然のように、綾瀬は麗香の斜め前に正座した。

そこはちょうど、麗香の美脚が最も綺麗に見えるベストポジションだった。正座して、

やや斜めから組んだ脚を見上げる。あらゆる角度から検証した結果、やっと最近導き出した黄金ポイントがここだったのだ。

綾瀬は反省しているポーズとしてうつむいてはいたが、ちらちらと視線を上げて脚を盗み見る。凝視はできないけれど、瞬間的にしか見られないことで、逆に妄想は膨れ上がり尾てい骨辺りがうずうずしてくる。

麗香はというと、そんな綾瀬には気付いていない様子で、嬉しそうにマカロンにかじりつく。紅茶同様、マカロンも彼女の好きなブランドのものを今朝買ってきたからだろう。おかげで、脚を視姦できる……！

ここで彼女のご機嫌を取り、この間の喧嘩を許してもらおうと考えないのが、綾瀬の悪いところだった。恋人の好物は、あくまでも彼女を油断させ綾瀬の視姦を気付かせないためのもの。そのために、恋人が好むミルクティーをいれられるように勉強もした。

「はぁ……美味しいっ」

美味しい紅茶とお気に入りのマカロンに、麗香が舌鼓を打つ。表情をうっとりとさせ、綾瀬の存在など忘れているようだった。

もっと忘れ去ってしまってくれてかまわない。そう念じながら、マカロンとミルクティーの美味しさにぱたぱたと揺れる恋人の脚を食い入るように見つめる。

興奮で鼻息がだんだんと荒くなっていく。抑えがたい衝動が綾瀬の中で高まっていった。

やっぱり、どうしても踏まれたい！

踏みにじられたい！

あの足裏と床の間に挟まれたいっ！

ムラムラとこみ上げてきた欲求に、綾瀬は抗えなかった。気付くと、膝の上に置いたトレイを放り出し、麗香と床の間にスライディングした。

目論見通りの位置に滑りこんだ綾瀬は、肘をつきお馬さんの格好になる。するとちょうど、組んで浮いていた麗香の足裏が、綾瀬の後頭部に当たる。すべて数秒間の出来事だった。

ストッキング越しの柔らかい足裏に、感動で熱のこもった溜め息が溢れ出る。

美意識の高い麗香の足裏は、常に手入れが行き届いた状態にある。毎日ピンヒールを履いて歩き回っているとは思えないほど、素の足裏はすべすべで、かかとは剝きたてのゆで卵のようにつるんとしている。指先ももちろん美しく、魚の目や爪の歪みもない。足先が見えない冬場でも油断することなく、爪には常にカルジェルが塗られ、季節に合わせた色合いにストーンなどがデコレーションされていた。

その脚で踏まれている。こんなに幸福なことがあっていいのだろうか。いや、まさに現実に起きている。

綾瀬は恍惚として、全身を震わせた。その瞬間、ぐんっと頭にかかる足裏の重みが増し、蹴り倒される。綾瀬は顔面からラグマットに突っこんだ。

「ぎゃあああああ！　なんなのよっ、この変態ッ！」

数秒間、驚きで固まっていた麗香が正気に戻り、絶叫してソファから立ち上がる。直前まで飲んでいた紅茶がラグマットに染みを作り、ティーカップとソーサーが床に転がった。

「ぐっ……ふぅ……ごめん。ちょっと、麗香ちゃんの足裏と床の間に挟まってみたくなっただけなんだ」

蹴られるというご褒美をいただいた綾瀬は、上半身を起こして爽やかに微笑んだ。ここ一週間の欲求不満が少しだが解消され、すっきりした。

だが、綾瀬の存在など忘れ、甘いお菓子と紅茶にうっとりしていた麗香はそれどころではなかった。

「意味わかんない！　意味わかんない！　意味わかんないっ！」

ヒステリックな声で同じ言葉を三回繰り返し、麗香は綾瀬と間合いを取るようにソファの後ろに逃げていった。

「どういうつもりっ！」

「だから、挟まれたくて……」

「フザケンナッ！　挟まれたいじゃなく、踏まれたいだろ！　言い訳するなっ！」

額に青筋を立てた麗香が罵倒する。その刺々しい声に興奮しつつ言い返した。

「だって、一週間も虐げられてないんだよっ！　仕方ないじゃん！」

「だからって、いきなりなにすんのよ！　なんの断りもなく！」

「じゃあ……お願いいたします。どうか僕をその美しいおみ脚で踏みつけてください」

ソファ越しだったが、土下座でお願いする。予想通りの即答が返ってきた。

「断るっ！」

「そんなっ……せめて、お慈悲を！」

お慈悲をくださいと繰り返しながら、綾瀬は土下座の姿勢のまま腕の力と膝だけ動かしてソファを回り込む。妖怪のような動きに、麗香が悲鳴を上げて逃げながら叫んだ。

「破談よ！　アンタとの結婚は破談ッ！」

ショッキングな言葉に綾瀬は動きを止めた。

破談は嫌だ。嫌だが、心を抉る言葉の響きに官能めいた痺れが体を駆け抜ける。その甘美な余韻に浸っているうちに、麗香は早足でソファに戻りバッグを摑む。それとマカロンの残りが入った菓子ブランドの紙袋も引っ摑んで、ドアに向かった。

「あああっ！　待って、まだ帰らないで！」

綾瀬は四つん這いで駆け寄り、タックルするように恋人の脚に抱きついて追いすがった。

「離しなさいっ！」

「ヤダ、嫌だよ！　破談は撤回して！」

ヤダヤダヤダとしつこく繰り返すと、バッグですぱんっと頭を殴られる。その衝撃に、ついうっかりときめいて黙りこむと、麗香が言った。

「無理！　そもそも、あんなことするような人間と、一緒に暮らせないから！」

「……え？　あんなこと？」

殴られた余韻から冷めた綾瀬は、涙目をぱちくりさせて小首を傾げた。見下ろす麗香の視線が鋭くなり、眉間の皺が深くなる。

一瞬だけ怒気が弱まった感じがしたが気のせいで、一呼吸置いて麗香の背後から怒りの炎が立ち上がった。

「もう忘れたわけ？　喧嘩の原因を……っ！」

首を傾げていた綾瀬は、はっとして目を見開く。

そう、一週間前の土曜日の夜のことだ。仕事が立てこんでいなければ、二人の会社の休みは土日祝日。そして休日は、お互いの家に泊まることが常だった。

あの日は、昼間に繁華街でデートをしたあと、麗香のマンションに綾瀬が泊まりに行った。そこで当然のように綾瀬が夕食を作り、いつもの流れでエッチをしてシャワーを終えたときのことだ。

麗香はまだバスルームで、先に寝室に戻った綾瀬は、ドレッサーの横に置かれた白い円柱型のゴミ箱に視線が吸い寄せられた。

中にはフリーペーパーが一冊入っているだけで、他に大きなゴミはない。その代わり、のぞきこんだゴミ箱の底には、綾瀬にとってのお宝が無防備に放置されていた。

リビングにとって返すと、自分の鞄《かばん》から常に携帯している小型のジッパー付きポリ袋を持ち出し早足で寝室に戻る。ゴミ箱の前に膝をつきフリーペーパーをそっと取り出し、一ページ破いて半分に折る。それを広げて山折りになった面を下にして床に置く。おもむろにゴミ箱を持ち上げ、底に溜まっていた宝の欠片を慎重に紙の上に出した。

それは麗香の切り取られた爪。カルジェルのラメが少し残った爪先は、キラキラ輝いて宝石のようだった。

綾瀬は、ふうっ……と感嘆の溜め息をついて、ポリ袋に爪を移し替えた。

今日の麗香の爪は、新しいカルジェルに塗り替えられたばかり。デートの前にと、昨夜古いカルジェルを剝がし、切った爪をここに捨てたのだろう。

本来なら切った爪以外に、カルジェルを剝がすのに使うコットンやアルミホイルもゴミになる。それから剝がしたカルジェルのカスもだ。

それらと同じゴミ箱に、切られた爪が捨てられていなかったのは、まさに奇跡。

綾瀬はポリ袋に移し替えた麗香の爪を、光に照らすようにかかげてうっとりと見上げる。

おそらくリビングでカルジェルを剝がし終え、爪を切ろうとしたが爪切りがなくて寝室にやってきたのだろう。そして寝室で爪を切ったと思われる。

おかげで綾瀬は、愛しい恋人の爪だけを手に入れる僥倖《ぎょうこう》に巡り合えた。神に感謝しながらポリ袋の口に鼻を近付け、その香しい匂いを胸いっぱいに吸い込んだそのとき、背後でドアが開く音がして鬼のような形相をした麗香が入ってきたのだ。

やっと喧嘩の原因を思い出した綾瀬は、蒼白《そうはく》になり、唇をわななかせて言った。

「麗香ちゃんっ！　僕の爪、返して！」

「アンタねぇ……っ、最初に言うことはそれか！　あと、僕のじゃなくて私の爪だっつーの！」

バッグで再び頭を殴られる。今日の麗香は容赦がなくて、気持ちが良い。怒りが抑えがたいレベルに達し、マゾ気質の綾瀬を喜ばせないために力をセーブすることも忘れてしまっているようだ。

「あんな爪、アンタを追い出したあとに捨てたに決まってんでしょ！　気持ち悪い！」

「ひ、ひどい……貴重な爪なのに！　捨てるぐらいなら、カルジェル剝がすの手伝うから、伸びて切り捨てる爪ちょうだいよ！」

「なんでアンタが得することばっかりしなきゃいけないの？　だいたい手伝うじゃなくて、脚に触りたいだけでしょ。なに、いかにも私の役に立ちます的な恩着せがましい言い方するのよ。いやらしい！」

「……おっしゃる通りでございます」

下心を指摘され、綾瀬は言葉に詰まる。

「そもそも、人の爪持ち帰ってなにするつもりよ？　どうせ碌《ろく》なことしないんでしょうけど」

汚らわしいとでも言いたげな口調に、蔑む視線。どれも綾瀬の官能を刺激する。

だが、貴重な麗香の爪採集をくだらないことだと思われるのは、綾瀬的には癪だった。

「碌なことなんかじゃないよ、日本には爪の垢《あか》を煎じて飲むってことわざが……うがっ！」

すべて言い終える前に容赦なく殴られる。甘い痛みで眩暈がして、つい恋人の脚にからみ付いている腕の力を緩めそうになるが、ぐっとこらえて持ち直す。

「それは物のたとえ！　優れてる人を見習おうって意味で、アンタみたいに本当に垢を飲むことじゃないわよっ！」

さすが麗香。自分のことをよく理解している。

けれど、垢を飲むだけだと思っているところがまだ可愛い。ちゃんと爪だってしゃぶるし、それで美味しい出汁だってとるのだと思ったが、言わないでおいた。言えば彼女の怒りを買い、素晴らしい気持ちになれるのはわかっていたが、それで警戒されたら困る。

再び、麗香の爪を手に入れるチャンスを失うわけにはいかない。そのためには、なんとしてもこの結婚を破談にはできなかった。一緒に暮らせれば、爪以外にも麗香の脚に関するアイテムを入手することが、ぐっと容易になるというもの。

「やだな、麗香ちゃん。今のは冗だ……」

「誤魔化そうたって、そうはいかないわよ！」

言葉を遮られると同時に、またバッグで軽く小突かれる。

「とにかく破談！　それに私、アンタにプロポーズされた憶えないから！」

「え……？　そんなことないよ！」

脚のレプリカの一件があったとき、麗香に毎日ストッキングを履かせたいと言った。あれが綾瀬にとってのプロポーズで、言葉でイエスの返事はなかったが、麗香は脚を差し出してくれた。それがＯＫのサインだと解釈し、結婚の話を進めていた。

そのことに麗香も文句を言わず、結婚の準備を受け入れていたではないか。互いの両親に近々挨拶にいくか、それとも顔合わせの席を設けようかと話し合っていた。

そう綾瀬が訴えると、麗香は冷ややかな視線で見下ろしてきた。こういうときでも、背筋が甘く震えてしまう自分の性癖が少しだけやっかいだと思った。

「あれがプロポーズだったなんて知らなかったわ。ただ私は、もうそろそろ結婚してもいい年かなって思ってたから。アンタから結婚話が出て、自然に受け入れてただけよ」

麗香としては、明確なプロポーズはないが、そういう雰囲気を感じたから「ま、いいか」と思ったのだという。女友達でも、付き合いの長い恋人同士の場合は、プロポーズなしで結婚するケースもあったので、自分たちもそれなのだと。

「……そ、そうだったんだ」

一世一代の愛の告白が、まったく通じていなかったことに綾瀬はちょっとショックを受けた。だが、あれはたしかに一般的にわかりにくいプロポーズだったかもしれない。

自分のことをよく知る麗香だからこそ、通じると思いこんでいたが間違いだった。

ここは改めて気のきいたプロポーズをし、仕切り直す必要がある。そうすれば機嫌を直し、破談を撤回してくれるかもしれない。そして爪その他のアイテムを回収できる日も近付くというもので。

「ねえ。いい加減、離してくんない？　そんなに強くしがみ付かれたら、脚に痕がつくでしょ」

しばし考えにふけっていた綾瀬は、麗香の静かな声に思わず手を離していた。無意識に、彼女の綺麗な脚に痕や傷がつくのが嫌だと思ったからだ。

だが、次の瞬間。解放した麗香の美脚が、迷いなく綾瀬の腹に蹴りを入れてきた。

「ぐあ……ッ！」

もんどりうって倒れると、さらに脇腹を思いっきり蹴られて息が止まる。けれど痛みと衝撃が、綾瀬の中で甘美な刺激に変化して、次に呼吸をしたときは火照った息がもれた。

「破談よ！」

きつい怒声が胸に突き刺さる。それさえも快感だ。

しかもこのアングルがたまらない。昔、麗香に苛められていた頃を思い出し、恍惚とした。

「はぁはぁ……麗香ちゃん、もっと」

などと言っている間に、遠くでドアが閉まる音が聞こえた。麗香が出て行った音だとやっと気付いて、綾瀬は正気に戻った。

「ハッ……しまった！」

慌てて裸足で部屋から飛び出し追いかけるが、遅かった。エレベーターは階下に行ってしまったあとで、外廊下からマンションの下をのぞきこめば、麗香が通りかかったタクシーを止めたところだった。

駅まで徒歩五分のこのマンションで、タクシーを拾う必要などない。そんなことをするのは、完全に綾瀬を振り切るためだ。

「麗香ちゃん！　待って！」

声を限りに叫ぶ。聞こえているはずなのに、麗香は振り返りもせずタクシーに乗りこむ。そして去っていく車の音だけが虚しく響いた。

綾瀬は外廊下の床に、がっくりと膝をついてうなだれた。

麗香は怒りに任せ、ただ暴力を振るっていたわけではなかったのだ。綾瀬が快感で我を忘れるのを見越し、隙を作って逃げた。脚に痕がつくと言ったのも、そう言えば綾瀬が手を離してしまうのを読んでのこと。

「ああ……麗香ちゃん。僕の扱い方が上手くなり過ぎっ。でもそこが好き！」

綾瀬は恋人の手際の良さを嘆いて、床を殴りつけたのだった。

2

「一緒に暮らすに当たって、お互いになにが駄目か知っておく必要があると思うんだ。それで、僕がしたいことリストを作ってみた。これを読んで、嫌なことを事前に教えてくれないかな？」

この男はやっぱり、なにもわかっていない。

麗香は目の前に差し出されたリストを受け取り、その内容に目が据わる。わき上がる怒りを、息を吐き出すことでどうにか抑えた。

だいたい、会社でこんな話をすること自体がどうかしている。麗香がデートの誘いもなにもかも無視したせいなのはわかるが、仕事と称して綾瀬のオフィスに呼び出され、渡されたのがこんなリストだなんて。

「嫌なことを教えてくれれば、麗香ちゃんの視界に入らないよう善処するから」

要するに、善処はするが改善する気はない。麗香の目につかないように気を付けるだけで、それ自体を止めることはしないということだ。

なんの解決にもなっていないどころか、見たくないリスト内容を提示され、余計にこの男とは結婚したくないと思った。

どうせならリスト内容を見せるのではなく、書き出した内容を麗香の目の前ではしないように心がける決心をしてもらいたいものだ。それで綾瀬の変態行動がなくならなくても、リストを読まされるよりマシだ。

麗香はリスト内容に再び視線を落とす。

「靴の匂いをかぐ」から始まって、「裸足でサンダルを履いた時、底につく垢を採取」「使用済みの中敷き・靴擦れパッド・滑り防止用の透明ジェルインソールの回収」「使用済みストッキング・タイツの回収」などなど……読んでいるだけで眩暈がする内容ばかりだ。

どうしてこんなのと付き合っているのだろう。見てくれだけはいいのに残念だ……。

気付けば、毎度同じようなことで嘆いている。そして怒る気にもなれなかった。

どっと押し寄せてきた疲れに嘆息し、麗香は無言で部屋の隅に向かうと、リストをシュレッダーにかけた。

「え、麗香ちゃん……なにそれ、新しいっ！」

ガガガガガッ、というシュレッダーの音に混じって綾瀬の恍惚とした声が聞こえてきた。怒りを露わにせず、淡々とした行動で不機嫌さを表現したことに興奮しているのだろう。しかも新しいプレイかなにかと勘違いしている。

麗香はリストの裁断が終わると、無表情で綾瀬を振り返った。

「こういったプライベートな件で呼び出さないでください。それから、こういうリストを仕事場に持ってくるのもどうかと思います」

本当は怒鳴り散らしたいところだったが、それだと綾瀬を喜ばせるだけ。それにここは会社だ。一応、綾瀬のオフィスは防音になっているが、隣のデザイン室とは調光ガラスで隔たっているだけ。怒鳴れば声がもれる。

麗香はなるべく静かに事務的に告げる。綾瀬が少し残念そうな、捨てられた子犬のような目をしているのは無視する。

怒られることを期待して、このリストを見せた面もあるのだろう。本当に、自分の欲望に忠実な男だ。そこを可愛いと思う反面、鬱陶しくて身勝手だと寂しい気持ちになることもある。

「それから先日の件ですが、変更するつもりはありません」

「そんな……」

「自分の欲望しか考えていないような男性と一緒になるのは不安です。だから……今の恋人の関係で留めるのがいいのかもしれないわね」

最後は素の麗香で、静かに思いを告げる。すると冗談など言っていられない雰囲気だと、遅ればせながら気付いた綾瀬が表情をこわばらせた。

「麗か……」

「では、これで失礼します。下の名前呼びながら、部屋から出てきたりしないでくださいね」

そう釘を刺し、綾瀬が言葉に詰まっている隙に麗香は部屋を辞した。隣のデザイン室に戻ると、パタンナーやデザイナーの女性に混じって、仕事のできない営業の西野がいた。

話の中心は彼のようで、照れた様子でスマートフォンの画面を見せている。それをのぞきこみ、周囲がはやし立てる。

「へへー、可愛いっしょ。こないだ、彼女がずーっと行きたがってたレストランの予約が取れて、そこでプロポーズしたんすよ～。そしたら、泣いちゃって～。今度、彼女の好きなブランドの婚約指輪買いに行ってきちゃいます」

なにが、「行ってきちゃいます」だ。軽薄で頭が悪そうで、実際、仕事ができない馬鹿だけれど、その馬鹿のプロポーズ内容が麗香の胸に深く突き刺さる。

すごく羨ましかった。

置いていかれた綾瀬は、すぐに麗香を追いかけたが、部屋を出たところで立ち止まった。適当な理由をつけて呼び戻そうとした恋人は、デザイン室の仲間たちとなにか話している。その中心にあの西野がいた。

綾瀬は舌打ちし、表情を険しくする。馬鹿で軽薄な西野は、その間抜けさとずさんな仕事ぶりで麗香によく怒られ、虐げられるというご褒美をもらっているムカつく男だった。今も、腕を組んだ麗香に睨み上げられ、硬直している。

なんて羨ましいんだ！

全員仕事に戻れと叱り飛ばし、麗香を連れ戻そう。そう思って、一歩踏み出したときだ。

「アンタって仕事はできないけど、恋愛はちゃんとできるタイプだったのね」

「……えっ？」

西野がぎょっとした様子で目を丸くする。これには他の同僚も驚いている。綾瀬も、麗香が彼を褒める姿に瞬きした。

「え、えっ？　いきなりなんすか？　花木さんに褒められるなんて、すっげぇびっくりっすよぉ……なんかあったんですか？」

動揺した西野が、変なふうに横にくねくね揺れる。イラッとくるような動きだ。すかさず麗香の軽い蹴りが彼の膝裏に入る。

「キモイ動きすんなっ。よくそれで、彼女がプロポーズＯＫしたわよね」

「いてっ……いたいっすよぉ、もう。そりゃ、俺すっごい頑張っちゃいましたから」

蹴られた上に罵られた西野に、嫉妬の炎が燃え上がる。だが、それよりプロポーズという単語が気になった。ちょうど綾瀬も、麗香にプロポーズした上に、こないだは破談にされたばかりだったからだ。

それなのに、西野はプロポーズしてＯＫをもらったらしい。こんな間抜けと結婚する相手がいるなんてと、綾瀬は自分のことは棚に上げて感心した。

柱の陰に身を隠し、聞き耳をたてる。麗香が、西野のなにを褒めたのか気になる。

「彼女が行きたいって言ってたレストランなんですけど、予約しても一年待ちってとこなんっすよ。しかも予約しようとしても、予約専用の電話にぜんぜん繋がらなくって……もう、悲劇っす」

「悲劇って……アンタの悲劇、すっごい小規模ね」

「あーっ！　ヒドイ！　それヒドイっすよぉ、花木さん。プロポーズなんですよ。一世一代の大勝負でしょう。愛する彼女のために、できる限りのことしたいじゃないっすか。それができないのを悲劇と呼ばずして、なんと呼ぶ！」

西野は芝居がかった動きで、両手の人差し指を麗香に向ける。

なんてウザい男なんだ。綾瀬がそう思うのと同時に、麗香が近くにあったファイルで、その両手を叩き落とした。

西野め、やっぱり生かしてはおけない。こともあろうにさっきから社内で、しかも人前で麗香に虐げられるなんて、自分だってしてもらったことがないのに……。

悔しさに奥歯をギリギリ噛みしめながら、西野を睨み付ける。だが、まだ出て行くわけにはいかない。

「それでですね、俺どうしたと思います？　ねえ、どう思います？」

「いいから早く答えろ」

麗香がファイルをかかげて脅すと、西野は大げさに怖がった振りをする。

「毎日毎日、隙あらばレストランに電話しまくってやっと繋がったんですよぉ。しかもキャンセルが出て、その日がちょうど彼女の誕生日だったっていう、もう運命じゃない？」

「運命かもしれないけど、お前の言い方がムカツつく」

麗香のどすのきいた突っ込みに、周りの同僚もうんうんと頷く。綾瀬も同感だ。それにしても、なにからなにまでムカつく奴だ。

当の西野はというと鋼の精神なのか、まったくへこたれた様子もなく嬉々として話を続ける。

「で、それでですよ。レストランに彼女の誕生日とプロポーズをする予定だって言っといて、サプライズ企画決行！」

そのサプライズは、彼女の誕生日ケーキを持ってきてもらう演出から始まったそうだ。

ケーキがテーブルに運ばれると同時に、店内の照明を落としてもらい、席に置かれたキャンドルの明かりだけで雰囲気を盛り上げる。

ちなみにそこは、クラシックの生演奏が聞けるレストランだった。店員がケーキの蠟燭《ろうそく》に火を灯す中、二人の思い出の曲を生演奏で流してもらったのだと語った。

「そこで俺、すかさず指輪のケースを取り出して彼女に向けて開いたんですよ」

ちょっとキメ顔を作り、西野はリングケースを開ける仕草を見せた。

「え？　それどういうことよ？　婚約指輪はあとで一緒に買いに行くって、さっき言ってたじゃない」

「そうっすよ。でもほら、プロポーズにはやっぱ指輪を渡すシーンって大事っしょ。よく映画とかで見るあれ。ああいうの、彼女好きっすから。そういう演出したかったんっすよ」

だが、彼女の趣味もあるので、勝手に婚約指輪を買うわけにはいかない。演出もしたいが、彼女が気に入る指輪を買ってやりたいという気持ちもあった。その両方を叶えるために西野は考えた。

リングケースに本物の指輪ではなく、指輪を模したキーリングをあらかじめ入れておくことを思いついた。プロポーズをした上で、ＯＫしてくれるなら一緒に婚約指輪を買いに行こうと告げた。

その演出に彼女は感激し、泣きながら結婚を了承したという。ちなみに指輪のキーリングには、今後、新居の鍵をつけるのだと、西野は照れながら話した。

「うっわ～、西野ってばすっごいロマンチストだったのね～」

「すごいわ。彼女、羨ましい」

「仕事もそれぐらいできてたら、惚《ほ》れるのに」

デザイン室の面々が口々に彼を褒め、はやし立てた。

「ほんと……アンタ、偉いわ」

麗香がぽつりとこぼす。その感心したような声音に、西野だけでなく同僚の視線も集まる。

綾瀬の胸が、なぜかもやもやした。

「自分の気持ちや都合優先じゃなくて、彼女がなにを好きか、どうしたら喜ぶか、そういうの真剣に考えて実行して偉いよ」

少し寂しげに笑う麗香の横顔に、綾瀬の胸の靄《もや》が氷の棘《とげ》に変化して突き刺さった。

「仕事はできないけど……愛する人を幸せにしてあげられる男なんだね」

頭を殴られたような衝撃に、綾瀬は肩を落とす。

自分のプロポーズは、麗香のことなどまったく考えていないものだった。綾瀬の欲望を押しつけただけで、本人にプロポーズだと認識されてもいなかった。

それなのに勝手にＯＫしてもらったと思いこんで結婚の話を進め、挙げ句、喧嘩になって破談宣言をされた。それなのにまだ、己の欲求を満たすために結婚したがって、あんなリストを麗香に見せた。

罵倒されたい気持ちもあったとはいえ、あのリストは綾瀬の一方的な欲望を書き連ねたもので、麗香のことなど少しも考えていなかった。プロポーズも、結婚して二人で暮らすビジョンも、綾瀬の欲望や麗香の脚に対する執着ばかり。その渇望を満たすために、結婚しようと言っていた。

そこに麗香の幸せはない。破談にされて当然だ。

それに比べて麗香は、脚のレプリカの件で綾瀬が犯罪をおこなったと勘違いし、泣きながら出所してくるのを待ってると言った。ノーマルな嗜好なのに、綾瀬の性癖を受け入れて付き合ってくれる。こんなどうしようもない自分と、麗香は結婚まで考えてくれた。なのに自分は、結婚したら麗香の脚に関係するアイテムを収集できると、低俗な欲望に歓喜してそわそわしていたなんて。

「僕は最低だな……」

綾瀬は麗香たちに静かに背を向けた。

珍しく人を褒めた麗香に西野が気味悪がり、「変なものでも食べちゃったんっすかぁ？拾い食いはダメっすよ！」と言っている。そのあとにファイルで連打されるような音も聞こえたが、綾瀬は振り返らずに自分のオフィスに戻った。

3

「麗香ちゃん、着いたよ。起きれる？」

耳元で響く静かな声と、優しく体を揺さぶられて麗香は意識を覚醒させる。会社帰りに綾瀬の車に乗ったときはまだ夕方だったのに、すでに外は真っ暗だった。

車のデジタル時計を見ると、二時間も車に乗っていたらしい。

麗香は大きく欠伸をし、腕を伸ばす。車の助手席で熟睡してしまったせいか、首や腰が痛い。体をほぐすように、首を左右に曲げながらシートベルトを外した。

その間に、車から降りて助手席側に回った綾瀬がドアを開いて手を差し出す。麗香は当たり前のようにその手を取って車から降りた。

「さむっ……ここ、どこ？」

降り立った地面は柔らかい土で、辺りも草木に囲まれていて暗い。空気は冷たく澄んでいて、見上げた空には星が瞬いている。明らかに東京ではない。

スーツ姿の麗香は、寒さに身震いして自分の肩を抱いた。これは山の気候だ。

「ここ、うちの別荘なんだ」

その声に振り返ると、パッと明るくなった。ログハウス風の建物がある。近くの外灯が人感センサーらしく、二人に反応して点灯したのだ。

「別荘？　綾瀬の家の？」

「うん。最近うちの両親は使ってないから、今は僕が管理を任されているんだ。だから僕の別宅みたいなものなんだけどね」

教えてくれた地名は、東京から割と近い人気の観光地だった。

「へー……別荘ね」

そういえば、綾瀬は坊ちゃんだった。あまりに普段の奇行と気持ち悪さが際立っているために忘れていたが、割と裕福な実家だと記憶している。

「とりあえず、寒いから中に入ろう」

綾瀬に手を引かれ、玄関までの階段を上る。中に入ると、人感センサーでパッと明かりがつく。電気もガスも水道も通っているんだと綾瀬が言った。管理人がいて、定期的に掃除もしてもらっているのだと。

靴を脱いで上がった別荘の中はたしかに綺麗で、普段、人が生活していない割にこもった空気もなかった。管理人がマメに空気を入れ替えているのだろう。

綾瀬のあとをついて廊下を歩きながら、麗香は車に乗せられる前のことを思い出す。

定時で上がった今日は金曜日で、いつもなら綾瀬とどこかで落ち合って食事をして、どちらかのマンションに行く。疲れていればそれぞれ帰宅して、翌日にデートだ。

けれど今日はその予定もない。自分から破談を言い渡してしまったのだから仕方ないが、会社から駅への道のりを一人歩きながら、寂しさと切なさに溜め息がこぼれた。横を行き過ぎる恋人同士などを見ると、余計に気持ちが沈んで、麗香は視線を落として早足になる。

そのとき後ろから車のクラクションがして、名前を呼ばれた。驚いて振り返ると、車に乗った綾瀬だった。

綾瀬がなにか言う前に、麗香はさっさと助手席に回って車に乗りこんだ。会社の人間に見られたくなかったからだ。驚く恋人に早く車を出すよう急かせ、人目のない公園の近くに停車させた。

一応、まだ喧嘩のことやリストのことについて怒ってはいたが、呆れのほうが大きくて、こういう男と付き合った自分にも責任はあるのだと麗香はあきらめかけていた。ただ、結婚についてはもう少し慎重に考え、覚悟を決めなくてはと思っていたところだった。

その考えについて話そうとしたが、先に綾瀬がプロポーズの仕切り直しをしたいと言ってきた。断ってくれてもかまわないから、自分の気持ちを聞いてほしいと頭を下げる。

戸惑ったが、その真剣さに麗香はOKした。それに、どう仕切り直すかも気になった。

綾瀬は、これから行きたい場所がある。そこでプロポーズしたいと言い、車を出した。どこか雰囲気の良い、落ち着ける場所に行くのだろう。もしかしたら、西野と話していたのを聞いていたのかもしれない。それで自分のプロポーズを振り返って反省し、いかにもロマンチックなプロポーズをする気になったのではないか。

綾瀬は変態だが、麗香を喜ばせようと頑張ってもくれる。そういうところは、すごく可愛いし嬉しい。

麗香は少しだけ期待して、どこに連れていってもらえるのか思いを巡らす。そのうちに仕事の疲れがでて、気付くと眠っていた。

目覚めてみると、連れてこられたのは山の中の別荘。あまりに予想外で呆然とした。

まあ、東京と違って星もたくさん見え、雰囲気もあってロマンチックともいえなくもない。

しかし、案内されたリビングの光景に絶句した。ロマンスなんて欠片もなかった。

部屋はレトロな雰囲気で、煉瓦《れんが》造りの暖炉もある。だが重厚なソファセットを囲むように、段ボールが積み上がっていて雰囲気が台無しだ。その中に、あの脚のレプリカも混ざっていて、麗香は顔をしかめた。

「なに……これ……？」

「僕が集めた麗香ちゃんの脚に関するコレクションだよ」

あっさりと白状した綾瀬に、麗香は言葉も出ない。怒る気力も削ぐほど、そのコレクションは異彩を放っていた。

「ちょっと待っててね。暖炉に火を入れるから。そしたら、暖かくなるよ」

麗香にソファを勧めて、綾瀬が暖炉の前に跪いた。

エアコンがあるのに、なぜ火を使う暖炉なのか。雰囲気でも出そうとしているのかと首を傾げ、コレクションの山を振り返った。

これがあっては、いくら雰囲気を作っても無意味だ。ソファに座る気になどなれず、麗香は積み上がった段ボール箱にうんざりした表情で息を吐く。

箱には、それぞれ中になにが入っているか書き記されていた。『使用済みストッキング』『使用済みタイツ』という分類の下に、ストッキングのタイプやタイツのデニール数、それと日付などが几帳面《きちょうめん》な字で記録されている。

麗香はすぐに読むのを止めた。眩暈がする。

まさか、こんなに溜めこんでいたなんて。

綾瀬と付き合って、ストッキングがなくなる頻度が高くなったのは知っていたが、どんどん新しいものを補充されていたので気にしなかった。そんな状態に慣らされてしまった自分にもショックだ。

つい、投げやりな口調になる。

「それで、話ってなに……?」

プロポーズの仕切り直しに、若干甘い夢を見ていた麗香は、早く話を終わらせて帰りたくなっていた。もしプロポーズを断って綾瀬がごねるようなことになったら、車を奪って一人で帰ってやろう。どうせ管理人が近くに住んでいるだろうから、ここに綾瀬を放置していっても問題ない。

「良かった、やっと火がついた……えっとね、ちょっと待ってくれる」

そう言うと、綾瀬は積み上がった段ボール箱の一つを漁りだす。麗香は暖炉の中でパチパチ音を立てて燃える薪を、イライラしながら見つめて待った。

「待たせてごめんね、麗香ちゃん。それで話なんだけど」

やっと麗香の前にやってきた恋人は、手になにか持っていた。

「なに、それ……」

ジッパーの付いたポリ袋に入っているのは、どう見ても小学生用の上履き。とうとう、そういう方向にまで目覚めてしまったのかと青ざめた。

だが、よく見ると上履きには「さかき」と名前が書かれている。両親が離婚する前の麗香の苗字だった。

「気付いた？　これ、麗香ちゃんが転校するとき学校に忘れていった上履きだよ」

「……なんでそんなのが、ここにあるのよ？」

予想はついたが、聞かずにはいられなかった。

「あの頃から麗香ちゃんのことが気になってて、思わず盗んじゃったんだ。それからずっと大切に保管してた」

麗香にとってはどん引きだが、綾瀬にとっては大事な思い出の品なのだろう。男は万感の思いを噛みしめるように、上履きを胸に抱いて目を閉じる。

「この上履き……麗香ちゃんに再会するまで、何度も捨てよう、もう忘れようって思ったんだ。でもできなくて、見るたびに色々なことを思い出しては、抱きしめて泣いたりしてた」

いや、泣いた以外にもなにかしただろう。上履きに薄らと残る染みを見つめながら、麗香は冷静に心の中で突っこんだ。

「それで？　話ってこれを見せて思い出語りすることなわけ？」

呆れ気味に吐き捨てると、綾瀬は目尻ににじんだ涙を指で拭いながら首を振った。

「これからね、ここにある物を全部燃やそうと思うんだ」

綾瀬がどこか寂しげな笑みを浮かべる。

「どれも僕にとっては大切なかけがえのない宝物だけど、麗香ちゃんにとっては気持ちの悪いものでしょ。だから、全部燃やす。裏庭に焼却炉もあるから、一晩かけて全部綺麗に燃やし尽くす。麗香ちゃんは明日、すべて燃えたのを確認してから、僕のプロポーズに答えてほしい」

そう断言する綾瀬の目は真剣で、本気なのが伝わってくる。

「自分なりに色々考えてみたんだ。どうしたら麗香ちゃんが、安心して僕と結婚できるか。この間のプロポーズにしても、僕の欲ばっかりで麗香ちゃんのことを考えてなかった。リストのこともそう……あれじゃ、破談にされても仕方ないと思う」

肩を落として、綾瀬が苦笑する。その笑みに、麗香の胸はもやもやした。

「きっとこのまま結婚したら、僕は麗香ちゃんが怒ることばかりしてしまう。僕は怒られるのが好きだけど、麗香ちゃんは怒るほど嫌なんだよね。そういうのは、やっぱり良くないなって思うんだ。麗香ちゃんばっかりストレスが溜まるだろうし」

綾瀬の言うことは間違っていない。けれど、なにか釈然としないものを感じて、麗香は息苦しくなってくる胸元を摑んだ。

「だから、少しでも麗香ちゃんが怒ることを減らそうと思う。麗香ちゃんの脚はずっと好きだし、この性癖はどうにもならないけど、コレクションはなくてもいいと思うんだ。しょせん脚に付随した物で、本物には敵わない代物だしね」

ポリ袋のジッパーを開けた綾瀬は、取り出した上履きを切なげに見つめてから、ぎゅうっと抱きしめた。

「麗香ちゃんと結婚できるなら、もう麗香ちゃんの脚だけで僕は満足できる。だから……もうこれはいらない！」

そう言うと綾瀬は、想いを振り切るように上履きを暖炉の中に投げ入れた。

炎が上履きを包み込む。麗香は目を見開いて凝視した。

「麗香ちゃん、これが僕の結婚に対する決意だ。すべて燃やしてしまっていいほど、麗香ちゃんのことが好きなんだ！　だから結婚してほし……」

麗香は最後まで聞いていなかった。そんなプロポーズより、燃えている上履きを放っておけなかった。

考えるよりも先に体が動いた。燃えているのもかまわず、炎の中に手を突っこんで上履きを取り出す。そのまま床に叩きつけると、燃え移った火はすぐに消えた。

だが、麗香のスーツの袖には火がついたままだ。それを消そうとしたところで、水をぶっかけられた。

「麗香ちゃんっ！　なにしてんだよっ！」

綾瀬が真っ青な顔で防火用のバケツを持っていた。暖炉のそばに用意されていたものだ。

麗香は腕からぽたぽたと水滴を落としながら、呆然と綾瀬を見上げる。自分で、自分のしたことに驚いていた。

上履きは麗香と同じように水に濡れ、床に転がっている。燃えてしまった部分やこげはあったが、まだ形は保っていた。それを確認して麗香はほっと溜め息をついた。

「良かった……」

「なにがいいんだよ！　怪我はっ？」

袖が燃えた腕を綾瀬に摑まれる。今まで見たことのない、怖い表情をしていた。

「病院に行こうっ」

「冷やせば大丈夫よ」

今にも玄関に引きずっていきそうな綾瀬を押しとどめ、麗香はキッチンに向かった。実際、すぐに火が消えたので大した怪我ではない。軽度の火傷だろう。

「なんでこんなこと……」

流水で手を冷やしていると、綾瀬が悲痛な声をもらす。逆に麗香は妙に冷静になっていた。

「うるさいわね。突っ立てないで、氷ぐらい用意しなさいよ」

「あっ、はい！」

綾瀬は慌てた様子で冷凍庫から氷を取り出し、手拭き用で壁にかけてあったタオルに包んで差し出した。

「……ごめんなさい」

「なんでアンタが謝るの。私がしたくてしたことよ」

「でも……」

めそめそし始める綾瀬が鬱陶しくて、軽く脛に蹴りを入れる。けれど、いつもみたいに喜んだりしなかった。

「辛気臭いわね。変態らしく喜びなさいよ」

「できないよ。麗香ちゃんが怪我してるのに……なんで、あんなことしたの？」

「さあ、自分でもよくわかんない」

綾瀬が唖然とした様子で、言葉を失っている。普段あまり見られない、麗香のほうが男を驚かせる構図というのが面白くて、気分が良くなった。

「あれさ……私からしたら気持ち悪いだけだけど、綾瀬には宝物なんでしょ。そういうの捨てさせてまで、結婚したいなんて思ってないわ」

そもそも、こういう男だと知っていて付き合い出したのだ。今さら、その性癖を失くせと言うつもりはない。

収集することだって、性癖の一部なら仕方がないと思う。

「気持ち悪いアンタも含めて、私は好きになったし恋人にもなったの。その上で、結婚しようとも思ったんだからね」

「でも、破談は……」

「あれは、アンタが虫唾が走るほど気持ち悪いことしたくせに、謝らないで怒らせるようなことばかりしたからよ。興奮するのは勝手だけど、悪いことしたらまず反省して謝るべきなんじゃないの？」

喧嘩の原因となった爪を回収したときでさえ、ごめんなさいと口では言っていたが、爪を返してほしいと主張してまったく反省していなかった。

「アンタの変態性なんかどうでもいいの。私は爪のことで怒ったけど、そのあとはアンタの反省してない態度に傷付いてたのよ。それをわかってもらえないことが悲しくて、破談だって言ったの」

リストを見せられたときは、もう終わりかなと少しだけ寂しくなった。謝るどころか、自分の欲に走ってさらに怒らせることをしてきたからだ。

「性癖がどうのより、思いやりのない人とは一緒には暮らせない。そういう意味よ」

流水で充分冷えた手は痛みも感覚も鈍くなっていた。もういいだろうと水を止め、綾瀬の持ってきた氷を包んだタオルで手を冷やす。

顔を上げると、とても情けない顔をした恋人が立っていた。やっと自分のなにがいけなかったか悟ったらしい。

「ごめんなさい……麗香ちゃんに甘えて、調子に乗りすぎました」

綾瀬は崩れ落ちるようにキッチンの床に座り込み土下座する。そして、こんな自分では振られても仕方ない、破談になるのは当然だ。これから挽回するので、付き合いは続けさせてくださいと懇願する。

そんな恋人に呆れつつ、麗香は不敵な笑みを浮かべた。

「まあ今回は、宝物を本当に燃やせるぐらい私のこと好きなんだって知って嬉しかったから、許してあげてもいいわよ」

そう言うと麗香は、土下座したままの綾瀬の後頭部に足を載せ、踏みにじってあげた。


「麗香ちゃん……麗香ちゃん、好きだよ」

喘ぎ声にも似た呟きに混じって、ぴちゃぴちゃと濡れた音が別荘の寝室に響く。ベッドに腰かけた麗香は、ストッキングの上から足の指を舐め回す綾瀬を艶めいた目で見下ろし、熱くなった息を吐く。

舌先で弄られるくすぐったさのあとに、ねっとりとした快感がくるぶしから膝裏にかけて這い上がってくる。その痺れを追いかけるように、恋人の手が足首にからまりふくらはぎを撫で上げる。びくっ、と震える膝裏の筋を指先が愛しげにくすぐった。

ベージュの口紅を塗った麗香の唇から、細い喘ぎ声が思わずこぼれる。膝裏で起きた卑猥な痺れは、腰の辺りで沈殿し、太腿の間にしっとりとした汗をかかせた。そしてその奥をとろけさせ、滴ってきた蜜がショーツとストッキングをぬるりと湿らせる。

「はっ……はぁ、ねえ。破いてもいい？」

床に這いつくばるようにして脚に奉仕していた綾瀬が、濡れた目でこちらを見上げてくる。

「好きにしなさい」

突き放すように言い、足の甲でその頬を軽く叩いてやる。興奮したように目をギラつかせた綾瀬が、ストッキングの足先に爪を立てて引き裂いた。

薄い膜がなくなり、冷えた外気に触れた指先がぶるっと震える。そこに綾瀬がむしゃぶりついた。

熱い舌と吐息が、足の指にからみ付く。つま先だけでなく指の間にも舌を這わせ、麗香の官能を刺激する。親指と人差し指の間は特に執拗だった。指の股にこすりつけるように、ぬちゅぬちゅと舌を出し入れさる。まるで疑似行為だ。

見ているだけで、背筋がぞくりと甘く粟立つ。挿入されているような、舌でかき回されているような感覚に陥り、蜜を吐き出す入り口がぴくぴくと痙攣する。たまに強く舌でこすられたり、濡れた音を立てて指先に吸いつかれると、膝が跳ねて腰が揺れた。蜜口が物欲しそうにじんじんと疼いて、体の奥までねぶられてるように感じる。

倒錯的な行為に、麗香もずるずると引きずり込まれていった。

「ふっ……ん、ンッ」

もれそうになる声を噛み殺す。乱れた姿を見せて、主導権を取られたくない。

本当はもう体の芯からとろけていて、もっと別の場所も愛撫されたくて肌が疼いている。それを知られるのは麗香のプライドが許さない。

「ちょっと、いつまでそこしゃぶってんのよ？　飽きた」

乱れそうになる声を整え、ツンとした態度で言い捨てる。ついでに脚を摑む手を乱暴に振り払い、恋人の顔を足裏で押しのけて床に蹴り倒す。わざと飽きた振りをして、綾瀬に背を向けてベッドの上にごろりと転がる。

「待って、待って……見捨てないで。麗香ちゃんのこと考えてるから」

慌てたように追いすがってきた綾瀬が麗香に覆いかぶさり、優しいけれど強引に仰向けにさせる。ドレスシャツのボタンを外しにかかる。

「えっ……ちょっと、なに？」

「麗香ちゃんのことも、気持ち良くするからね」

いつもと違う展開に戸惑っていると、綾瀬の顔が近付いてきた。キスされるのかと思ったが、唇は素通りして首筋に舌を這わされる。

「きゃっ……あんっ！」

綾瀬からめったに愛撫されない場所に触れられ、思わずうろたえた声がもれる。

頰がかっと熱くなり、反射的に突き飛ばそうと腕を上げる。だが、今度は首筋に吸い付かれ、不意打ちで襲ってきた快感に腕の力が萎えた。押しのけるはずが、縋るように恋人のスーツにしがみついてしまう。

「あっ、や……ッ、なにするのっ」

まるで普通の女みたいな、可愛らしい喘ぎ声がもれる。こんなのいつもの自分ではないと思っているうちに、大きな手が胸を揉みしだく。

いつの間にかシャツの前がはだけられ、侵入した手が下着の上から乳房を揉んでいる。麗香は驚きと快感に翻弄され、なすがままになる。

首筋をねぶっていた舌は鎖骨へと移動し、乳房の上の膨らみに吸い付いて甘噛みする。下着を押しのけられ、乳房がこぼれ落ちた。

綾瀬の繊細で長くて綺麗な指が、立ち上がった乳首に触れる。親指と人差し指の腹で弄んだあと、火照った口腔と舌に包まれた。

「ンッ……いやぁっ、や、綾瀬ッ」

普段され慣れていない愛撫に、麗香の体が過剰に反応する。

「麗香ちゃん……いつもより感じさせてあげるね」

「ひゃ、あぁあっ、やめなさい……よッ！」

主導権を握られるのが悔しい。快感に慣れていない場所への愛撫に、麗香はいつもみたいに強気に出られない。開発されていないぶん、快感が直球で襲ってくるせいで抵抗ができないのだ。

まるで初めて抱かれた頃のようだ。綾瀬と付き合うようになって、他の性感帯を忘れるぐらい、脚ばかり開発されてしまったのだと気付く。

それが恥ずかしいやら悔しいやらで、罵倒してやりたい気持ちがこみ上げてくる。けれど襲ってくる快感に喉が震えて、喘ぐことしかできない。

息が乱れ、男の下で身悶える。綾瀬との行為なのに、普通の男に抱かれているような気がして、背徳感にまた淫らに感じてしまう。でも、このまま攻められっぱなしになるのは、麗香と綾瀬の力関係上、許せなかった。

ふと、麗香の脛に固く立ち上がった男のモノが当たる。それを少し乱暴に、脛で押しつけるようにしてしごく。綾瀬が快感に呻いた。

「うっ……ちょ、麗香ちゃ……ッ」

「なにサボってんの。感じてないで、私のことも気持ち良くしなさいよ」

麗香は勝ち誇ったように微笑み、奉仕させてやっているのだと言うように、綾瀬のネクタイを乱暴に摑んで乳房に引き寄せた。

「はぁ、うぁっ……麗香ちゃん……っ」

首を絞められる苦しさに綾瀬が艶のある声で呻く。乳房を撫でる吐息が熱い。つられるように子宮の底がじんっ、と疼いた。

汗で湿った綾瀬の柔らかい前髪をかき上げ、唇を寄せて囁く。

「私を満足させられないなら、ここ踏んであげないから」

ぐぐっ、と脛で硬くなったそれを押しつぶしてやる。綾瀬の喉がごくりと鳴った。

「ほら、早くしなさいよ」

後頭部を摑んで胸に押しつけた。

綾瀬は荒く息をつきながら、躾のなっていない犬のようにたわんだ肉にむしゃぶりつく。手で揉みながらぴちゃぴちゃと音をさせて舐め回し、硬くなった乳首を口中に含んで転がす。たまに我慢できなくなったように甘嚙みしたり、ミルクを飲むように吸いついたりする。

ずくんっ、と麗香の腰が重くなった。いやらしい疼きが子宮の中でひくひくと痙攣する。

「はっ、あぁ……んっ、いい子ね」

必死に奉仕する恋人の頭を撫でてやる。そういう扱いにぞくぞくするのか、綾瀬の息遣いがさらに乱れ、愛撫が濃厚になっていく。舌使いが激しくなり、下へ下と移動する。タイトなスカートをたくし上げ、太腿を包むストッキングを引き裂き股の間に顔を埋めた。

「あぁッ……ン、はぁンッ！」

裂けたストッキングの隙間に、舌がぬるりと侵入する。すでに濡れていたショーツに唾液がからむ。綾瀬は貼りつく薄布ごと口に含んで、蜜口を舐め回したりしゃぶったり繰り返す。そして鼻先で、硬くなった肉芽をぐりぐりと愛撫した。

「あっ、ああっ。ンッ、そこ……もっとぉ……ッ」

びくびくっ、と腿の内側が痙攣した。ショーツ越しに肉芽を押しつぶされる感覚に、身をよじる。太腿で頭を挟み込み、気持ちのいい場所に押しつける。苦し気に呻く恋人の息と舌が肉芽に当たって気持ちがいい。

「ふぐっ、はっはっ……麗香、ちゃん……好き。好きだよ」

興奮しているのか、綾瀬は喘ぎながら股間をベッドに押しつけるようにして揺らして奉仕を続ける。

じれったい。もう、これだけでは我慢できない。

麗香は快感で敏感になっている唇を舐めると、恋人の髪を鷲掴みにして足の間から引きはがした。

「あ……麗香ちゃん？」

「もういいわ。次は私の番」

そう言うと、綾瀬の肩を蹴るようにしてベッドに起き上がらせる。麗香も体を起こし、正座した恋人の前に膝をつき、ズボンのベルトを外して中から猛ったものを取り出してやった。

「ふふっ、なにもしてないのにこんなに硬くして気持ち悪い。この変態！」

硬く勃起したそれを、少し強めに摑んでしごいてやる。綾瀬から苦しさと気持ち良さが混じったような喘ぎ声がもれる。

「ねえ、どうしてほしい？」

「ふ……踏んでください」

期待と快楽に濡れた目が、麗香を見上げてくる。その視線に体が疼いた。

「仕方ないわね。ご褒美よ」

綾瀬の肩に手を置き、膝で蹴るようにして勃起したそれを押しつぶす。うっと呻き、綾瀬の体がくの字になる。

「踏んでもらえると思った？　どう、痛い？」

膝でぐりぐりと小突き回しながら意地悪く聞くと、くぐもった声で「嬉しいです」と返ってくる。嘘ではないのだろう、先端からは透明な汁がにじみ、麗香の膝を濡らす。はあはあと綾瀬の息遣いも早い。

「はっ、はっ……麗香ちゃんの脚は、膝も綺麗だから。すごっ、いい……」

踏んでもらえなかったことも快感なのだろう。膝に当たるそれが、さらに大きくなる。

昂った熱を解放していない麗香も、我慢できなくなっていた。

「アンタばっかりいいのは面白くないわ」

乱暴に肩を突き飛ばし、綾瀬をベッドに押し倒す。その腰に跨り、ショーツをずらして怒張した雄に押しつける。蜜口がくちゅん、と震えて先端を含んだ。

それなりに鍛えられている綾瀬の腹筋に手をつき、腰を一気に落とす。

「あっ……麗香ちゃんっ」

「ああぁっ！　ひっ、うぁ……あぁンッ！」

がんっ、と最奥を突く塊に体がのけ反る。快感が体の芯を突き抜けて達した。けれど、まだ物足りない。一回いったぐらいで、満足なんてできなかった。

一気に達した余韻で痺れる体に喘ぎながら、麗香は腰を上下に振った。綾瀬のものをしぼりとるように下腹に力をこめ、蜜口で肉棒をしごく。中を強くこすられる感覚に息が上がって、もう気持ち良くなることしか考えられない。

「麗香ちゃん、麗香ちゃん待って……っ」

綾瀬がなにか言いたそうだが、無視して抽挿を続ける。多分、脚を触りたいとか舐めさせてくれという要求だろう。繋がっている間に、そういうプレイをするのが綾瀬は大好きだった。

だが今は、触らせてやらない。跨る麗香の膝や太腿を撫でる手を振り払い、抜き差しを激しくする。そのうち彼もこらえられなくなったのか、綾瀬も麗香の下で腰を突き上げるように動きだす。

「あぁっんっ……綾瀬っ、もう……！」

「……はぁ、あぁ僕も」

ずんっ、とより深く腰を落とす。蜜口がひくんっと収縮して締め付けを強くすると、中で綾瀬の熱が弾ける。とくとくとそそぎこまれる欲望に、麗香はうっとりとして恋人の胸の上に倒れた。

「麗香ちゃん、好き。大好き……」

綾瀬がちゅっちゅっ、と額や髪にキスを降らす。抱きとめてくれた腕は麗香を落ち着かせるように背中を撫で下ろし、やっぱり太腿に到達する。

「……いいわよ」

なにをしたいのか察してそう返すと、悦びに打ち震えた綾瀬が「ありがとう」とこぼして、麗香の体を優しくベッドに横たわらせる。抜けていく繋がりに小さく喘ぎ、恋人を見上げた。

「じゃあ、次は僕の番だね」

綾瀬はうっとりとした表情で、神に誓うように麗香の脚に口づけた。そして甘く噛みついて、心ゆくまで体を重ねた。

肌寒さに目覚めると、窓の外は明るく、鳥の囀《さえず》りが聞こえる。早朝なのだろう、カーテンの隙間から見える空は、はっきりした青ではなくまだ淡いブルーだ。

麗香は小さくくしゃみをして起き上がる。昨夜、抱き合ったまま寝てしまったせいで、裸に毛布をかけているだけだった。

隣にいたはずの恋人を探すと、麗香の足元に丸まって寝ている。どうやら人の脚にからみ付き頬ずりをしながら寝ているようだ。

「なんか脚がパリパリしてる……」

不快感に顔をしかめた。寝ている間に脚を舐め回されたに違いない。

幸せそうな顔で寝ている恋人が憎らしくなった。軽くその顎を蹴り上げると、麗香はベッドからすべり下りた。綾瀬は幸せな夢でも見ているのか、寝言でハアハア言っている。

脚が気持ち悪いので、寝室を出てバスルームに向かう。途中、通りがかったリビングで足を止めた麗香は、積み上がった段ボール箱の山を見上げて嘆息した。

清々しい山の朝。その光に照らし出される変態のコレクション。

あまり見たいものではない……。

処分しろとは思わないけれど、せめてきちんと隠すようには言おう。一緒に住む家に、これを持ってこられるのは心情的にやっぱり嫌だった。

でも、これが綾瀬の麗香を愛している記録なのだ。そう思うと、気持ち悪いの一言では片付けられない。愛されているのだと、胸の奥が温かくなってくる。

目に見える愛情だと思えば、愛しくも感じるから不思議なものだ。

ふと、ローテーブルを見ると、昨日燃やされるところだった上履きが、きちんとジッパー付き袋に入れて置かれている。

「よく、こんなの取っておいたわよね……」

呆れたように呟いたが、麗香の口元は幸せにほころんでいた。こんなに長い間、自分は綾瀬を支配し愛されていたのだ。

その優越感が、独占欲の強い麗香の心を満たしていく。

結婚への不安はもうなくなっていた。このコレクションと、それを燃やそうとした綾瀬の決意は、どんなプロポーズよりも麗香の心に響いた。

「でもさすがに、このプロポーズのことは誰にも言えないわね」

麗香はそうぼやいて苦笑すると、バスルームに向かった。綾瀬が起きたら、じらすだけじらして、そして苛めてからプロポーズにOKしてあげようと考えながら。

番外編　踏み、踏まれて、愛になる。

1

嬉しい。純粋に嬉しい。

こんな気持ちは初めてかもしれない。

今まで嬉しいことはたくさんあった。どんな苦難も、だいたい快感だから人生は楽しいことだらけだった。

だが、そういうのとは異なる幸福。こんな幸せもあるのだと、初めて知った。

「実は、花木さんと結婚することになりました」

集まった同僚たちの驚いた顔に、少しだけ気恥ずかしくなって綾瀬正也はうなじをかいた。隣に並ぶ花木麗香はうつむき加減で、視線をみんなからそらしている。ピンクベージュの艶やかな唇が尖っているのは、照れ隠しからだろう。

秘密の関係もよかった。そこから得られる快感は濃厚で、言いたくても言えないジレンマと、フランクに彼女と触れ合える同僚への嫉妬がいいスパイスだった。締め付けられる胸や、握りこんだ指先の爪が手の平に突き刺さる痛み。どれもたまらなく甘美だった。

そういった痛みは今後減っていくのかもしれない。寂しいとは思うけれど、堂々と彼女を自分のものだと周囲に言えるのは格別に気分がよかった。

「ふぁ～、意外って思いましたけど。やっぱり～って感じでもあるっすね！」

綾瀬を今まで何度もイラつかせてきた営業の西野の言葉も、「ふぁ～」ってなんだと思いつつ腹は立たない。彼が、麗香にたびたび公開処刑されていることに嫉妬してきた日々も、それはそれで味わい深いものだったと思えるほどだ。

「二人って、前からたま～にチラチラ視線でやりとりしてましたもんね！」

西野の言葉に麗香がばっと顔を向ける。眉間に皺が寄り睨みつけているが、視線は戸惑うように揺れていた。

「あ～、バレてないと思ってました？　俺、これでも観察眼あるんすよぉ。特に、綾瀬さんが花木さんの脚を見る目がエロいっていうか、こうセクハラギリギリって感じ？　まっ、花木さん美脚っすからしゃーないっていうか」

やっぱり西野はイライラする。それより隣から発せられる怒気が気持ちイ……ではなく、まずい。怒りだけでなく、あせりも混じっている。綾瀬の性癖がバレたらと心配なのだろう。

別にバレてもかまわない。そう言ったら「さらし者になりたいの！」と麗香は激怒するだろう。自分が恥ずかしいからではなく、綾瀬の体面を考えてくれる彼女は優しい。

だが、綾瀬としてはバレるのもさらし者になるのも一種の快感で、自分はどうなってしまうのだろうと想像するだけで息が荒くなる。

うっかり熱のこもった溜め息をつくと、異変に気付いた麗香がこちらを睨みつけてきた。なにを考えて興奮しているか、たぶんバレた。

麗香が大好きな綾瀬にはわかる。ここが公衆の面前でなければ罵倒され、蹴られ、踏みにじってもらえたはず。なんてもったいない。

「あっ、もしかして～。綾瀬さんって脚フェチっすか？　なら、花木さん選ぶのも納得っていうか～」

「私を選ぶのも……ですって？」

麗香の怒りがぶわっと大きくなる。他の同僚はヤバいと感じて顔を引きつらせる。

西野め余計なことを……もっと言え！

罵倒も足蹴もないが、このじらされる時間もたまらない。麗香の怒りを溜め込む時間が長引くほど、二人きりになったときに濃縮されたご褒美をもらえるはず。

麗香が質問攻めにあうのが嫌だからと、終業時間前に発表することにしてよかった。今日は残業もないから、このまま二人で帰宅しよう。近いのは綾瀬のマンションだが、ホテルに入ってもいい。

ああ、待ち遠しい……。

つい、恍惚としてしまい油断した。ふくれ上がった麗香の怒りは、綾瀬ではなく元凶である西野に向いたのだ。

「まあ、たしかに私が難ありなのはわかってるわよ……でもねえ、人の婚約者を変態みたいに言うな！」

真実はともかく、二人を侮辱した言い方に麗香が西野の胸倉を摑んだ。

「うわっ……！　パワハラ禁止！」

「アンタのはセクハラでしょ！」

「あっ、気付いちゃいました？　すみません〜。でも、難ありって自覚あったんですねぇ……ぐえっ！」

余計なことしか言わない西野の胸倉を、麗香がぎりぎりと締め上げる。

なぜだ……なぜ自分以外の男を虐げているのか！

やっぱり西野は許せない。羨ましい。ここが人前でなければ割りこむのに……いや、割りこんでいいのでは？

婚約を発表したのだから、もう二人の関係を隠す必要なんてない。綾瀬の性癖だって公開してもいいはずだ。そうすれば、西野ももう少し虐げられないように気を遣うはず。

嫉妬にかられて己の思考が暴走していることに綾瀬は気付いていなかった。もちろん周囲だって、笑顔で麗香を見つめる上司がそんなことを考えているなんて思いもよらない。

西野を締め上げる麗香の手に、手をそっと重ねた。

「花木さん、西野さんより僕を虐げるべきじゃないかな？」

人前なので穏やかに二人の間に割りこんでみた。笑顔も物腰も柔らかく、嫉妬や、期待からくる興奮を抑え、スマートにできたと思う。周囲も驚いた様子はない。

実際は、あまりにも自然すぎて「聞き間違いかな」とみんな思っていただけ。麗香も、まさかこんなスマートに性癖暴露をしてくるなんて幻聴かなと思っていた。

綾瀬は呆然とする麗香の手を、憎き西野の胸倉からやんわり外し、にっこり微笑んでみんなを見回す。

「ふふっ、西野さんの言う通り僕は脚フェチなんですよ。ついでに、その脚で蹴られたり踏まれたり虐げられたりするのが好き……」

すべて言い切る前に、しゅっと空気を切る音がした。膝裏に食い込む麗香の強い蹴り。咄嗟だったのか、力の加減ができていない。

綾瀬は「ああっ……！」と甘い呻きを上げ、床に勢いよく転がる。しかも運悪く、いや運がいいのかもしれない。近くにあったデスクの脚に頭を強打した。

「な、なななんてこと言うのよ！　このバカッ！」

かすむ意識の中、上ずった麗香の罵声が聞こえた。ざわつく周囲と視線の気配を感じる。

嬉しい。こんな見られながら蹴られて罵られたのは初めてだ。胸が熱くなる。

今日を記念日にしよう。そう誓って、綾瀬は意識を手放した。

「はぁ……こんなんで結婚式、大丈夫なのかしら？」

腕を組んで溜め息をつく。試着室の壁一面には鏡が張られ、そこに赤いドレスに身を包んだ自分が映っている。お色直しに着るカラードレスだ。

「なにか心配事ですか？」

麗香の足元でドレスの裾を直していたプランナーの女性が鏡越しに視線を上げる。ここは式と披露宴を挙げる予定のホテルだ。

「いいえ、大したことではないんです」

数日前、会社で婚約発表をしたときのことを思い出していた麗香は苦笑する。

まさかあの場面で、綾瀬が性癖を暴露するとは思っていなかった。動揺で力加減ができずに蹴り倒して失神までさせてしまうなんて、なんてことをしてしまったのか。

今まで綾瀬に手を上げたり蹴ったりすることなんて日常だったが、きちんと手加減はしていた。なにをされても綾瀬が喜ぶのはわかっていても、怪我をさせないように気を遣っていたのだ。

白い顔で横たわり動かなくなった婚約者に、麗香は半泣きになって「どうしよう、ごめんなさい」と繰り返した。あまりの取り乱しぶりに、周囲は綾瀬の発言など忘れて麗香をなだめるのに苦労したほどだ。

綾瀬はというと、割とすぐに目を覚ましてけろりとしていた。頭を打っていたので、きちんと病院にもいったが大きなたんこぶになっただけで異常はなかった。

同僚たちはほっとし、「綾瀬さんも、変な冗談はやめてくださいよ」とこぼした。どうやら性癖暴露は質の悪いジョークということになったらしい。西野も「俺も調子に乗ってからかいすぎました。すんません」といつになく反省した様子で謝ってきた。

唐突に性癖を暴露したのは虐げられる西野に嫉妬してのこととあとになって知った麗香は、今後パワハラは絶対にしないと心に誓った。

「些細《ささい》なことでも、なにかありましたらご相談ください。全力でサポートいたします」

相談できるような内容だったらどんなにいいか。麗香は愛想笑いで頷いた。

「ところで、お召し物はいかがですか？　こちら人気のあるブランドのデザインで、予約もけっこう入っているんですよ。お気に召したのなら、早めにご予約をしていただかないと式当日に確保できないかもしれません」

「そうなんですか？」

「ええ、花木様の式は半年先なのでまだ余裕がありますが、こちらのブランドは本当に人気が高くて……このブランドのドレス目当てで、うちで式を挙げる方も多いんですよ」

それは麗香も聞いたことのある話だ。ウエディングドレスを中心としたこのドレスブランドは、華やかで愛らしいデザインな上に年齢を問わず似合うという特徴があり、女性から絶大な人気がある。そのおかげで、他のドレスブランドよりも値段設定が少々お高くても、予約が殺到するのだとプランナーは語った。

そもそも麗香がこのホテルで式を挙げたいと思ったのも、国内でこのブランドと提携してウエディングドレスをレンタルできるのがここだけだったからだ。

ブランドと直接契約して、レンタルしたウエディングドレスを他のホテルに持ち込むこともできるが、そうなるとレンタル料金と持ち込み料金がかかり、かなり割高になる。提携先であるホテルを通すと割安になるのだ。

他にもサービスや全体的な質が高く、交通の便もいいので、ウエディングドレス以外で式場として人気のあるホテルだった。

「ですが……レンタル以外に、セミオーダーという方法もあります。それなら予約を気にする必要がありません。ぎりぎりフルオーダーを依頼もできる期間ですが、どうされますか？」

そうなのだ。この提携ホテルだと花嫁の体型や好みに合わせて、サイズやデザインのオーダーも可能で、やはり割安料金になる。割安といっても、レンタルとは比べ物にならない値段だ。

かなり高額になるオーダーをプランナーが勧めるのは、花婿である綾瀬に経済力があると踏んでのことだろう。

式場をここと決め、ドレスについて話し合っているとき、プランナーの前で「お色直し何回する？　麗香ちゃんのしたいだけしていいよ」なんて言ったからだ。その後も綾瀬家の都合で、招待客を増やしたり食事などのグレードを上げたいという話になった。そのぶんの余計にかかる費用は綾瀬の家が持つし、なんなら全額こちらで払いたいと言い出した。

彼の実家がお金持ちなのは知っていたが、増やしたい招待客のリストを見て驚いた。親戚関係だそうだが、錚々《そうそう》たる名士の方々だった。

この間みたいな失態をしたらと考えると、結婚式を挙げるのが不安になってくる。なにかしでかしたとしても、綾瀬は怒らないだろう。むしろ「気持ち良かった」とか聞いてもいない感想を告げてくるのが目に浮かぶ。申し訳なく思うのは、彼の両親に対してだ。

綾瀬の実家には、プロポーズをされてからすぐに挨拶に行った。東京から新幹線で一時間ほどの地方で、転校するまで麗香が育った土地でもある。綾瀬家は地元の名士で、敷居をまたぐのを躊躇するほどの邸宅を構えていた。

近所だったので彼の家が大きいのはおぼろげに記憶していたが、最近建て直されたという邸宅は、大人になった麗香の足をすくませるほどだった。

この家のご子息と結婚していいのか？

そもそも踏んだり蹴ったりしているのだが……。

真実がバレたら追い出されるのではないかと、麗香は胃をキリキリさせながら門をくぐった。ところが迎えてくれた綾瀬の両親は、こちらが挨拶をする前に麗香の手を握って頭を下げてきた。何事かと構えていると、母親のほうが涙ながらに「あの子の性癖に巻きこんでしまってごめんなさい。逃げるなら協力するので、無理に結婚してくれなくていいのよ」とまで言ってきたのだ。

どうやら綾瀬は、自分の性癖のことを両親に話してあるらしい。別荘に積まれていたコレクションを思い出す。あれだけのものを両親に隠し続けるのも難しいだろう。

バレたのか自ら暴露したのかは知らないが、両親は麗香が息子の性癖に無理して付き合っているのではないか、結婚も本当は望んでいないのではないかと心配していた。

自分が元凶なんですとも言えず、「ご心配なく。理解した上での結婚ですので」と繰り返して、両親をなだめることから始まった。

そんなわけで、多大な罪悪感を抱えこむ顔合わせとなり、帰る頃には「こんな息子と結婚してくれてありがとう」と感謝されるほどだった。本当に申し訳なくて土下座をしたいのは麗香のほうだ。

この上、結婚式費用のほとんどを綾瀬家に出してもらうなんて心苦しい。折半できればいいのだが、さすがにぽんと出せる金額ではなかったので甘えることにした。半分でも額が大きいのだ。そのぶん麗香のドレスなどで余計な出費はしたくない。

「オーダーはけっこうです。レンタルできるものだけでも素敵ですから」

「そうですね。花木様はスタイルがよいので、どのドレスも似合いますし、サイズもぴったりですもの」

プランナーはそう言うと、試着室のカーテンを開く。着替えを待っていた綾瀬がソファから立ち上がる。

「うわぁ、綺麗だよ麗香ちゃん！　さっきのドレスもよかったけど、こっちも似合うね！」

手放しで褒めたあと、ドレスの細かいディティールをチェックするのはいかにもＭＤらしい。綾瀬もこのドレスブランドには注目していたらしく、結婚式とは関係なく仕事としても興味があるようだった。

さっきまで綾瀬が座っていたソファの横、テーブルには飲みかけの紅茶とブランドのドレスカタログが置いてある。開いたままのページを見ると、ミニ丈のドレスばかりが載っていた。

「綾瀬様は、こういったデザインがお好みですか？」

麗香の視線を目ざとく察したプランナーが、カタログを手に取る。

「えっと……彼女は脚が綺麗なので。似合うかなって」

綾瀬が照れたように笑う。実際は似合うどうこうより、麗香の脚を見て興奮したいだけだろう。また変なことを言い出すなよ、と腕を組んで睨みつける。

「花木様のおみ脚、とても形がよろしいですものね。隠すのはもったいなく感じますよね……こちらなどいかがですか？　全体がミニ丈のものとは違って、落ち着いた華やかさと気品がありますよ」

麗香の表情をうかがいながらプランナーが開いたページには、ドレスの裾がアシンメトリーやフィッシュテールになったものが並んでいる。幼い感じがする可愛らしいミニ丈に比べて、キツめの顔立ちの麗香にも似合いそうなデザインだ。

けれど、綾瀬の親族も揃う式でこれを着る勇気はない。二人きりの結婚式ならミニ丈でもなんでも着てあげないこともないが、きっと高齢で保守的な人もいるだろう。あのとても感じの良い綾瀬の両親に恥をかかせるようなこともしたくない。息子が無理に着せたのでは、と気に病むかもしれない。

「へえ、素敵ですね。麗香ちゃんに似合いそう……でも、彼女が乗り気ではないようなので」

無言で睨みをきかせていると、綾瀬があっさり折れた。他人がいるからだろう。あとで二人きりになったらなにか言ってくるかもしれない。

試着だけならとか、式後に二人だけになったら部屋で着てくれないかとか。

だが、ドレスの試着やヘアスタイリングの相談などが終わり、綾瀬のマンションに帰宅してからも、その話を蒸し返されることはなかった。不思議に思ったが、日々の忙しさの中でそんなことはすっかり忘れ去った。

そして、二人の新居へ引っ越しする日がやってきた。

「これで荷物は全部かしら？」

自分の部屋とリビングに運びこまれたダンボール箱の数と家具をチェックし、問題ないことを確認してから引っ越し業者の差し出す書類にサインした。これで新居への麗香の引っ越しは終了だ。

業者を帰して、ほっと一息ついてリビングに置かれた新品のソファに腰掛ける。テーブルにはここへ来る前に買ったコンビニのレジ袋が載っている。麗香のお昼ご飯だ。

先週のうちに引っ越しを終わらせている綾瀬は、休日出勤でいない。同じチームのサブMDとチーフデザイナーが結婚することになったので、綾瀬の異動があるのだ。その引継ぎで忙しいらしい。結婚するとどちらかの部署が異動になるのが慣例だった。

結婚披露宴まではまだ数カ月ある。式後だとちょうど仕事の繁忙期と重なるので、余裕のある今のうちに引っ越して一緒に暮らすことになった。入籍も生活に慣れた頃にしようと話している。

新居は、二人の会社から乗り換えなしで五駅。便利な場所にある新築の分譲賃貸マンションだ。二人で暮らすには広いファミリータイプで、寝室の他にそれぞれ一部屋ずつ使える。綾瀬の部屋は、そばに置いておきたいコレクションの保管場所として使うらしい。

踏み込まないでおこう。

引っ越し準備の話し合いのときに聞かされ、そう心に誓った。夫婦でもプライバシーは大事だし、見えなければ綾瀬がなにをコレクションしていようが批判する気はない。そういう性癖込みで結婚を決意した。犯罪でないならいいかと許容できてしまうぐらい、綾瀬と付き合うようになって麗香は丸くなった。

「さてと……すぐに必要なものの荷ほどきしなきゃ」

昼食をすませソファから立ち上がると、スウェットのポケットに入れていたスマートフォンが振動した。見れば綾瀬からの着信だった。

「もしもし、どうしたの？」

『引っ越しで忙しいところ、ごめんね。実は必要な資料を家に忘れたみたいなんだ』

会社に持っていった資料は別のもので、昼休みが終わってからそれに気付いたのだという。一時間後の会議で必要らしい。

『引っ越し準備しているときにダンボール箱に詰めちゃったみたいなんだ。どの箱に入ってるかはわかるから、悪いけど取り出して持ってきてくれないかな？』

「……わかった。いいわよ」

そのダンボール箱は綾瀬の部屋にあるそうだ。入るのはちょっと嫌だなと思ったが、自分の気持ちの問題で綾瀬以外の社員が困るのは申し訳ない。

麗香は通話したまま、綾瀬の部屋のドアをおそるおそる開いた。まだ片付けがすんでいない部屋は雑然としていて、ダンボール箱も半分ほど開封しただけのようだ。変なコレクションが飾られていなくてほっとする。

「で、どの箱なの？」

教えられたダンボール箱を探しだし、開封する。封筒にまとめられていたおかげで、目的の資料はすぐに見つかった。

「じゃあ、すぐに持ってくわね。駅についたら連絡するから、ビルの下まで取りにきてよ」

メイクをしたり髪をセットしていく時間はない。大き目のサングラスに帽子をかぶってコートを着ていけばいいだろう。肌の状態は悪くないので、色付きのリップクリームを塗っておけばすっぴんは誤魔化せる。

知り合いに会わないといいなと考えながら、なんだかこれって夫婦みたいなやり取りだなとくすぐったい気持ちになった。

ああ、本当に結婚するんだ。一緒に暮らして、こういう日々を重ねていくのかと実感して、じんわりと胸が温かくなる。

それなりに普通の結婚願望があった麗香は、相手があの綾瀬だということを忘れて幸せな気分にひたる。まだ通話中だということも忘れて。

『じゃあ、よろしく。本当に忙しいとこゴメン。お詫びに、あとで僕のこと殴っていいからね』

さらりと付け足された言葉に、幸せな気持ちをぶち壊しにされる。やっぱり綾瀬は綾瀬だった。

「はぁっ？　なんで迷惑をこうむる私が、アンタを悦ばせることしなきゃなんないのよっ！」

『ハアハア……麗香ちゃん、好き』

思わず怒鳴ると、電話越しに興奮した声が聞こえてきた。

「ぶちのめすぞっ、この変態っ！」

駄目だと思うのに、さらに綾瀬が悦ぶ罵声を投げつけ通話を切る。寸前の『ああっ……！』という喘ぎ声は聞かなかったことにする。

スマートフォンを床に叩きつけたいのをぐっとこらえ、でかける用意をすることにした。

「ああ、もうっ。無駄に疲れた」

嘆息し、ふと視線を上げる。比較的綺麗に整えられたパソコンデスク周りに、見たことのない物体が設置してある。金属の四角い大きな箱のようなもので、デスクトップパソコンと繋がっている。吸い寄せられるようにその箱に近づいた麗香は、それがなんなのか確認して顔をしかめた。

2

街灯がともり始める時間帯。綾瀬は足取りも軽く地下鉄の駅に向かって歩いていた。手にはベルギーの有名パティスリーの紙袋。来週オープン予定で、日本に初上陸したと話題の店だ。

今日はプレオープン初日。親戚関係のコネで招待状を手に入れ、会社帰りに立ち寄って麗香が好みそうなケーキ数種類と、焼き菓子にパイを購入した。

本当は麗香もプレオープンに誘う予定だったが、今日は先方で仕事関係の打ち合わせがあり、直帰になるので予定が合わなかった。それならばと、プレオープンのことは内緒にして、あとでケーキを見せて驚かせることにした。

綾瀬は、麗香の汚物を見るような表情も大好きだが、喜ぶ顔もたまらなく好きなのだ。明日の土日に使える招待状もあるので、麗香がこの店を気に入ったならまた買いにいけばいい。デートだな、と思うと口元が緩んだ。

一緒に暮らすようになって一カ月たった。家でも会社でも一緒で、休日も朝から一緒。同じ家から出かけてデートをする。なんて幸せなんだろう。ずっと一緒だと息苦しいという人もいるだろうが、綾瀬はまったく問題なかった。

大好きな人と、大好きな美脚を愛で放題。天に召されそうな気持ちになる毎日だ。麗香はたまにウザそうにしているが、そのときの表情がまたいい。たまに無視されたりもするが、それはそれで気持ちがいい。こっちを見てくれないので、綾瀬としては麗香を見放題状態で楽しい。

ああ、この世には楽しくて気持ち良くて幸せなことしかないなと、うきうき気分で道を曲がって地下鉄駅のある大通りに出た。

「ハッ……！　あれは理想的な美脚！」

かなり視力のいい綾瀬の目が捕らえたのは、大通りを挟んで向かいのホテル。二階のガラス張りのカフェで、眺めのいいソファ席に座った女性の脚だった。

「え……あれ？　麗香ちゃん？」

目をこらして見た脚は、よく知る彼女のもの。なんでと思って顔も確認するとたしかに麗香だった。

綾瀬は人の顔より脚で誰だか判断することが多い。歩き方や足音でも識別しているので、ズボンで見えない男性の脚でも誰だかだいたいわかる。恋人の麗香にいたっては、ほくろの位置や数、肌の質感やその日のコンディションまで把握している。

「間違いない、麗香ちゃんだ。でも……一緒にいるその男は誰？」

脚と顔に見覚えがないので、仕事先の人間ではないはずだ。それに麗香が打ち合わせに行くと言った会社の近くでもなかった。

二人はなにか熱心に話し合っている様子だが、親密な感じはない。仕事と言われれば、仕事なのかもしれない。綾瀬の知らない取引先の社員だろうか。男性の雰囲気は、仕立てのいいスーツや磨かれたブランドの靴など、どこかデザイナーっぽい。

仕事後に、感性の合ったデザイナーとお茶をしているだけにも見える。

「まさか浮気ってことは……それはそれで、興奮するかも」

一瞬、苦しさがよぎったが、それがすぐに快感になって戻ってくる。難儀な性癖だと思いつつ、乱れかけた息を整えようと深呼吸してから、カフェをまた見上げた。

ちょうど二人が席から立ったところで、男性が伝票とプレートのようなものを手に取る。カフェの照明に反射して、きらりと光った。

「カードキー……？」

くらり、と眩暈がした。やっぱり浮気なのか？

ショックだけれど、ぞくぞくするような甘い苦しみが込み上げてくる。どうすればいいのだろう。絶望と快感が同時にやってくる。そう悩んでいる間に二人の姿は消えていて、綾瀬の足元にはパティスリーの紙袋が倒れていた。


ケーキは形が崩れてしまったけれど、麗香はとても喜んでくれた。「お腹に入っちゃえば一緒よ」とご機嫌だった。

オープン前の有名パティスリーのケーキをお土産にもらったからではない。綾瀬が帰宅して少したってから帰ってきた麗香は、最初からずっと機嫌が良かった。楽しいことがあったみたいだ。

麗香が嬉しそうにすればするほど、綾瀬の気持ちは沈んではその快感に悶えるということを繰り返した。結局、相手の男性が誰で、なにをしていたのか聞くことはできずにその日は終わった。

聞いてすっきりしてしまったほうがいい。そう思うのに、なかなか決心できなかったのは、悶々とする時間が長引くほど麗香が知らない男と浮気する妄想がふくれ上がり、興奮してしまったせいだ。この苦痛をもう少しだけ長引かせてみよう。そうしたらもっと気持ち良くなれるかもしれない。なんて考えて一週間がたった。

「はぁ……うっかり寝取られに目覚めそう。もう、目覚めかけてるかも」

休日の朝食の席でうっかり呟くと、フレンチトーストを食べていた麗香が首を傾げた。

「ネトラレ？　なにそれ？」

性癖がノーマルな麗香は性的な用語をあまり知らない。足コキを検索するぐらいだ。そういう純なところがたまにぽろりと出る。

綾瀬はギャップで身悶えそうになるのを、拳を握ってぐっとこらえる。

床をごろごろ転がって「かわいい〜」と叫んで、麗香に「キモイ」と罵られて蹴られるのもいいが、今はそういう気分ではない。

かれこれ一週間も悩んでいて、つらいのに気持ちいい。本当にどうしたらいいんだ。

「ねえ、ちょっと大丈夫？　最近、疲れてない？」

珍しく麗香が心配そうな顔でのぞき込んでくる。

「やっぱり引継ぎが大変なの？　しばらくは私が家事するから、時間があるときはゆっくり休みなさいよ」

高飛車できつい性格と思われがちな麗香だが、実際は世話焼きでけっこう尽くしてくれる優しい性格をしている。十代で祖母の介護や家事をしていただけあって、よく気が付くし、細やかな気遣いも見せる。そのぶん他人の粗が気になって、ストレスが溜まってきつい物言いになってしまうらしい。

たまにしてくれる料理はとても美味しくて、今朝のフレンチトーストも彼女作。リム皿にフルーツと一緒に盛られたそれは、卵液とミルクをよく吸ってぷるんとしている。ナイフを入れるとふわふわしていて、食べると口の中でとろける。食感も味も申し分ない美味しさだ。他にサラダと野菜たっぷりのコンソメスープ。丁寧にいれられた紅茶もあって、まるでホテルの朝食のようだ。

デザイナーなだけあって、テーブルセッティングも美しい。それを休日とはいえ、朝起きてから一時間もしないでさっと整えて作ってしまう。映える朝食といった感じだろう。

だが、麗香のすごいところは、お洒落なカフェ飯だけでなく、素朴な和定食メニューも同等に作れるところだ。むしろ祖母の介護をしていたので、薄味の病院食が得意だというのだから意外性がある。

だからなのか、お年寄りや病人には優しいしイライラもしない。疲れている綾瀬のことも心配してくれるのだ。

きっと麗香はカッとなる性格さえなければ、とっくに誰かのものになっていただろう。美脚は国宝級だが、容貌は美しすぎるということもない。ちょっと手が届きそうな美人なので、見た目だけなら一番競争率が高くなるタイプだ。

綾瀬にとっては性癖をぐいぐい刺激するきつい性格のおかげで売れ残っていたのかと思うと、日々、全世界に感謝したい気持ちになる。

顔を覆って溜め息をつく。

「あぁっ……五体投地したい気分だよ」

「え、なに？　ごたいとうち……五体投地？　礼拝でもすんの？　今度はそれで踏んでくれとか言うんじゃないでしょうね？　罰当たりだからやらないわよ」

祖母を介護していたからか、仏教用語もちゃんと知っていて会話が繋がる。こういうところも、たまらなく好きだ。

「まったく、いつにも増して意味わかんないわね。ちゃんと朝食食べたら、今日は大人ししくしてなさい。昼と夜は消化のいいものにしようか？」

「ありがとう。でも、大丈夫。そういうんじゃないから……」

「違うの？」

「うん……実は、ずっと悩んでることがあって」

勘違いで心配させたくなかったのと、このままだと虐げてもらえないので、白状することにした。

麗香が怪訝《けげん》そうにこちらを見ている。ごくりと唾を飲み、綾瀬は勇気を出して口を開いた。

「あのさ麗香ちゃん、もし浮気してるんなら、僕もそこに混ぜて？」

言い切ってから、はっとした。うっかり願望のほうを告白してしまった。

驚きから困惑、なにかを理解して怒り、蔑むまでがセットになった視線が綾瀬を睨み付ける。

これはこれでたまらない。息が乱れ、悩みなんてどうでもよくなってくる。

「私が浮気してるって言いたいわけ？」

「あ、いや……まだ確証はないんだけど、この間、麗香ちゃんがホテルのカフェで知らない男性と一緒にいるの見て。そのあと二人でホテルの部屋に入ったみたいだったから気になって。それでいろいろ妄想が膨らんで、寝取られ的なそういう苦しみも甘美かなって思い始めたら夜も寝れないほど気持ちが昂って最近眠りが浅くてさ」

　こちらを見る麗香の視線が冷たい。怒りで下瞼がぴくぴくしているのが可愛い。もっとその目で見つめられたくて、言葉が止まらなくなる。

「ああ、本当は浮気なんて嫌なんだよ。麗香ちゃんを誰かと共有……ううん、そうじゃなくて僕とあの男性が麗香ちゃんに所有されるんだよね。もう、想像しただけで嫉妬でどうにかなってしまいそうなのに、ちょっと、いやかなり興奮するんだ。３Ｐも悪くないって。でも、麗香ちゃんの脚で踏まれるのは僕だけにしてほしいなって。それだけ我が儘を言ってもいいかな？」

　冷めた目から今度は生気が消える。これは蔑みを通り越してドン引きしている目だ。若干、麗香の体が椅子ごと後退している。どうしよう衝動が抑えられない。

「麗香ちゃん、お願い！　他に男を作ってもいいけど、その脚で踏んだり蹴ったりするのは僕だけって誓っ……ぎゃっ！」

「黙れ！　この変態っ！」

　麗香が持っていたフォークで、ダイニングテーブルに置いていた綾瀬の手の甲を刺した。痛みに叫んだが、絶妙な力加減で血も出ていない。ちょっとした痣になるぐらいの折《せっ》檻《かん》だ。それも利き手ではない左手を選んでくれるところに優しさを感じて、胸がどきどきした。

　怒りに打ち震える麗香は、耳の先まで真っ赤だ。ちょっと恥じらっている様子なのは、3Pだとか言われたせいだろう。こういうところが、本当にたまらない。

　ここはやはり、「人間コロコロだよ」と言いながら床を転がって愛を叫んだら、さらなる折檻をしてくれそうだ。期待が高まる。やってしまおうかと綾瀬が腰を浮かせかけたところで、麗香がテーブルを拳でドンッと叩いた。

「言ってることの半分以上が理解できないし、理解もしたくないけど、浮気じゃないから！」

「……そうなの？　じゃあ、どういう関係？」

「教えない。教えてあげる気が失せた」

「そ、そんな……」

「まあ、結婚式にはわかることだから。それまで苦しんでれば？」

　椅子から立ち上がった麗香が酷薄に唇をゆがめて笑う。こちらを睥睨する目つきが様になっている。

「そのほうが気持ちいいんでしょ？　ほんと、理解できなくて気持ち悪い」

　フォークの先でくいっと顎を持ち上げられ、吐き捨てるように言われる。背筋がぞくぞくして、鼓動が早くなった。

「はっ、はい……っ！　結婚式まで待ってます！」

「あっそ。わかったなら、元気そうだし、ここの片付けと掃除しといてね。私はアンタのいう浮気男と会ってくるから。ついてきたら破談にするわよ」

そういえば今日の午後にどこか出かけるから、一緒にくるよう言われていた。そこで教えてくれる予定だったのかもしれない。それを台無しにしてしまった綾瀬は、麗香が放りだしたフォークをくわえ、去っていく美しい脚を見つめて身悶えたのだった。

3

挙式当日は綺麗に晴れ渡ったジューンブライドとなった。喜ぶ麗香に、綾瀬も幸福を噛みしめた。

真っ白なウエディングドレスは長いトレーンにクリスタルがたくさん縫いつけられた豪奢なデザインのものだった。きらめくトレーンにかぶさるロングベールは、裾にだけ刺《し》繍《しゅう》があしらわれたシンプルだけれど気品あふれた一品で、麗香の美しさをよく引き立てている。

挙式は、ホテルの中に作られた教会で挙げ、次の会場へ移動する。一階の披露宴会場は、花が咲き乱れるイングリッシュガーデンに面していて、天井まである吐き出し窓を開くとそのままテラスに出られる。今日は晴れて風もないので、自由に庭へ出入りできるよう窓も開放されていた。

挨拶や祝辞など滞りなく宴が半ばまで進行したところでお色直しとなり、二人でテラスから庭に出て退場となった。途中、庭で撮影もしてからそれぞれ控室へ向かい、今度は和装に着替えた。

和装は綾瀬の両親の希望で、黒地に金糸銀糸で菊や鶴の柄を織り込んだ色打掛だった。老舗の呉服店を営む親戚がいて、そこで綾瀬の母が購入したのだ。嫌なら断るからと麗香には言ったが、本人は和装にも興味があったらしく喜んでくれた。

ここまで何事も問題なく進み、三度目のお色直しで綾瀬と麗香は退席した。これで着替えは最後だ。宴も終わり間近で、このお色直しは帰る人たちを見送るための装いでもある。

控室で和装をといた綾瀬は、少しほっとしてソファにどさりと座り込んだ。慣れないものを着たので肩が凝った。それに加えて、大勢に囲まれてずっと気を張っていたせいもある。

式直前、会社でしたような失言はくれぐれもするなと麗香にきつく釘を刺された。親にも、お願いだから大勢の前で変な言動はしないでねと頼み込まれたのだ。綾瀬だって、晴れの日に親や麗香に恥をかかせたくはないので、全力で猫をかぶって笑顔を振りまいた。

「疲れたな……。そういえば、あれはどうなったんだろう?」

朝からばたばたしていて忘れていたが、麗香の浮気疑惑についてだ。今日、教えてくれるはずだったのだが、まだ聞いていていない。

あの日から今日まで、お預けをくらった綾瀬は悶々と苦しみながらも気持ちいいという日々を送った。

もしかしたら、挙式の最中にあの男性が乱入してきて麗香をさらってしまうのではないか。さらいはしないが、麗香の友人席に座っていて二人だけの間で通じるサインを交わしたりするのではないか。そんな妄想を何度もしてはのたうち回り、最後にはやっぱり興奮してしまう綾瀬だったが、自分はともかくその他の人間を無闇に悲しませることを好まない麗香だ。おそらく違うだろう、と正気に戻ったりと忙しかった。

おかげで今日まで楽しい毎日を送れた。やっぱり麗香は素晴らしい。もうすっかり綾瀬をどう扱えばいいかわかっている。

花嫁の素晴らしさに思いをはせていると、着替えを持って係の人がやってきた。三着目はテールコートだった。昼頃からの式だったので、外は日が沈みかけている。

会場に戻る途中の廊下で待っていると、五分ぐらいして麗香がやってきた。そのドレス姿に綾瀬は目を丸くした。

「え……そのドレス違うよね？」

結婚式の打ち合わせで麗香が試着して見せてくれたのは、赤いゴージャスなマーメイドラインのドレスだった。今着ているのは、総レースのスレンダーラインのクラシカルなドレスで、色はロイヤルブルーだ。デコルテは露出しているが、腕は長袖のレースに包まれ肌が透けて見える。裾も、下のスカートとペチコートが膝丈なので綺麗な脚がレースから透けて蠱惑《こわく》的だ。

綾瀬がごくりと喉を鳴らすと、ふふっ、と麗香が目を細めて笑った。

「内緒でセミオーダーしてたの。どお？　こういうの好きでしょ？」

長いレースの裾をつまんで、麗香がゆっくりと見せつけるようにくるりと回る。ひらりと舞った裾の片方にスリットが入っていて、そこからのぞいたふくらはぎから足首にかけての曲線に、体の中心が熱を持つ。

ここまで過敏に反応してしまうとは思わなかった。一緒に暮らして見慣れるほどだったのに、愛しい人の美脚に新たなエロスの可能性を感じて、頬が熱くなる。

「ほら、行くわよ」

ぼうっ、としていたら麗香に腕を摑まれ引っぱられた。つんのめるように一歩踏み出した綾瀬の視線の先で、脚はレースに覆われてしまっていた。裾に向かってふんわりと広がったレースは、刺繡の複雑さもあって、スリットがあまり目立たない構造になっているようだ。

歩いて開かないスリットでは意味がない。なんて惜しいことを……。

だが、招待客の顔ぶれを考えると、あまり色っぽいドレスは頂けない。それを配慮して麗香がセミオーダーしたのだろう。

会場に着く前に、揺れるレースの裾からなんとか視線を外せた綾瀬は、席について横を見てぎょっとした。

座った麗香のドレスの裾が床に落ち、綾瀬側にあったスリットが大きく開く。それは太腿まで切れ込んでいて、下のスカートも同じようになっていた。

美しい脚だけでなくガータベルトと素肌も、あられもなく露出している。テーブルには長いクロスがかかっているので、招待客には見えない。惜しいどころか、とんでもなく魅惑的なスリットではないか。

綾瀬だけにさらされたその卑猥な姿に取り乱しそうになる。

「麗香ちゃっ……いたッ!」

ぐりっ、と足先をヒールのかかとで踏まれて正気になる。麗香は意地悪そうに笑い、唇へ指を当てて言った。

「大人しくしてなさい。終わるまではお預け」

そのあとは、帰る招待客をまともな笑顔で送りだせたかどうか記憶にない。ただ、二次会はしないことにして正解だった。

綾瀬は心ここにあらずだったが、披露宴は無事に終了した。まだ飲み足りない親族や同僚たちは、これからどこかへ飲みに行くらしい。疲れたからとその誘いを断り、二人は今夜泊まるホテルの部屋へ行くことにした。

まだ、ぼうっとしている綾瀬の腕を引いて歩く。貸衣装の綾瀬は着替えていたが、麗香はカラードレスのままだ。プランナーには、セミオーダーで買い取りだし、新郎がよくドレスを見たいらしいからと着替えを断った。

変な目で見られるかと思ったが、貸衣装でない場合はそういうことも多いらしく、「すぐに脱いでしまうの、もったいないですものね」と笑顔で送りだされた。

「なんでセミオーダーしたか聞かないのね？」

「あ……ああ。そういえば、あの男性と会ってたのって、このドレスの打ち合わせだったの？」

少し熱から覚めたらしい綾瀬が、やっと麗香と視線を合わせる。

「そうよ。このドレスブランドのセミオーダー担当のデザイナーさん」

「そっか、そうだったんだ……」

「だから浮気じゃないわよ。これはアンタのために用意したドレスなの」

最初は綾瀬にも教えてあげる予定だった。けれど、浮気だとか3Pだとか変なことを言い出したのでやめた。プランナーやデザイナーにはサプライズだと言って、綾瀬には内緒にしてもらった。料金も麗香の支払いだ。

「でも、なんで僕のために？　すごく嬉しいけど、麗香ちゃんがここまでしてくれるなんて意外で」

虐げられるとくねくねして喜ぶくせに、こうやって尽くされると戸惑うのだから面白い。

「憶えてる？　私が引っ越した当日のこと」

「えっと、僕が忘れ物して届けてもらったときのこと？」

「そう、それ。あの日、アンタの部屋でとんでもないもの見るはめになったのよね」

「とんでもないもの……？　そんなのあった？」

純粋にわからないらしく、首を傾げる綾瀬に溜め息をつく。この価値観の違いはもうあきらめている。

「前に作ってた脚だけのラブドールほどじゃないけどね……３Ｄプリンタなんて持ってたのね」

デスクトップパソコンと繋がった金属製の箱。最初はよくわからなくて首を傾げた。どこかで見たことがあるな、と透明のアクリル板になっている部分をのぞきこんでぎょっとした。

中にミニ丈のウエディングドレスを着た女性フィギュアが入っていたのだ。

「アンタが漫画やアニメキャラにでも目覚めたのかと思ったわ。でも、よく見たらあれ……」

はぁ、と肩を落として顔をしかめる。

「アンタ好みのドレスを着せた私のフィギュアでしょ」

髪型があきらかに自分だったので気付いた。それから顔と脚を見て、ホクロの位置が一緒なのを確認して麗香のフィギュアだと確信した。

そういえば麗香が試着しているトルソーに着せているドレスを参考までにと何種類

もスマートフォンの動画で撮影していた。着替えた麗香の姿も前後左右と念入りに撮影していたのを思い出す。仕事に役立てるつもりで熱心なのかと思っていたが、こういうことだったのか。

きっとパソコンを開いたら、綾瀬好みのウエディングドレスを着た自分のアイコラを見られただろう。

「正直、ドン引きよ。こんなことのために3Dプリンタ買うとことか、それで人のフィギュアを好き勝手作るとことか。で、私をモデルに何体作ったのよ？」

あれから綾瀬の部屋には入っていない。今頃、麗香のフィギュアがいくつも飾られていることだろう。

「え、あー……あははっ、ごめんね」

綾瀬が気まずそうに肩をすくめて目をそらす。

「まあ、いいわ。アンタの部屋には一生入らないから」

「うっ……だって、麗香ちゃんのフィギュアを自作してみたかったんだ。そうしたら、好みの格好させ放題だなって。しかも大量生産して飾れるんだよ。すごくない？」

「すごくない。気持ち悪い！」

すぱっと切って捨てて睨み付ける。とたんにでれでれと表情が崩れるので、どうしようもない。

「でも、気持ち悪いのにあれを見て、僕のためにドレスをセミオーダーしてくれたんだよね？」

「……あんなミニ丈は無理だけどね。フィギュア作るほどこだわってるなら、着てあげようかなって思ったの！」

綾瀬が自作したフィギュアのドレスはかなりのミニ丈で、式で着用するには現実的ではなかった。二人きりのときに着るならいいけれど、そのためだけにあのデザインを発注するのも恥ずかしい。今、着ているセミオーダーのドレスが妥協点だ。

「だいたいフィギュアのウエディングドレスのほうがアンタの好みってのが面白くないのよ。人形なんかより、現実のウエディングドレスを着てる私を見なさい！」

腕を組み、横目で睨み上げる。可愛げのない言い方になってしまったけれど、綾瀬ならこれでいいだろう。

フィギュアが面白くなかったのも本当だが、本音は彼を喜ばせたいと思ったからだ。自分にはなにか足りないものがある。どんなに努力して、自信に繋がる実績を積み重ねても、いつも心に空虚感があった。

幼少期に抱えた容姿への劣等感は思ったより根深かったらしい。もう大丈夫とわかっているのに、またあの頃に戻るのではという恐怖をなかなか拭えなかった。

そのせいでずっと自分に自信がなくて、虚勢を張ってしまい、ときに攻撃的になっていた。そんな麗香を、綾瀬は好きだと言ってくれた。欠点こそが彼にとっては美徳だと褒《ほ》め讃《たた》え、どんなヒステリーも受け入れる。もとは麗香が目覚めさせた性癖のせいなのだが、それにどれだけ救われたことか。

理不尽にキレても、愛してるや可愛いと言ってくれる綾瀬のおかげで、麗香は変われた。彼に再会する前に比べて自信が持てるようになった。

あの営業の西野を相手にするとまだ怒ってしまうことが多いが、それ以外でイライラする場面はほとんどなくなった。綾瀬がおかしな言動をとるから、そのせいで寛容になったのもある。

彼に出会えなかったら、麗香はずっと自信を持てないまま、他人に当たり散らすような嫌な女だっただろう。だから自分を変えてくれた綾瀬と結婚できるのが嬉しい。

それに、以前の綾瀬だったらなんとかして麗香にドレスを着せようと躍起になっただろう。けれど今回は、なにも言わずにフィギュアを作るにとどめている。彼も変わったのだ。

だから純粋に、綾瀬のためになにかしてあげたくなった。

「あんなフィギュアより、私のほうがいいでしょ？」

つん、と顎を上げて偉そうに聞いてやる。綾瀬はなにがそんなに嬉しいのか、まぶしそうに目を細めて微笑んだ。

「当然だよ。麗香ちゃんが唯一で、他は代用品でしかない。ドレスだって、こっちのほうがすごくいい。本当に麗香ちゃんは、僕の想像を超えてくる」

二人の部屋の前に到着した。スイートルームなので、そんなに部屋数のない階だからか廊下には他に誰もいなかった。

ドアの前で綾瀬が跪くので、スリットが入っているほうの脚を差し出してやる。裾のレースが流れて、太腿の真ん中ぐらいまであらわになった。

「麗香ちゃん……愛してる。僕は一生、君の踏み台になるよ」

こちらが求めてもいない勝手な誓いを立てると、綾瀬はうっとりとした表情で麗香の膝頭に口づけた。

部屋に入ってすぐ、綾瀬の首に腕を巻きつけ引き寄せて唇を奪う。カードキーが落ちて、麗香のつま先にあたった。腰に回るしっかりとした腕の感触に安堵し、舌を濃厚にからめる。

「んっ……はぁっ、綾瀬」

口づけながらリビングルームに入る。ホテル最上階にあるインペリアルスイートは、ライトアップされた庭園と都心の夜景が一望できる。電気のついていない部屋は、大きな窓から入る人工的な灯りで青白い薄闇が広がっていた。

「ベッドに行きましょう」

音がもれるほどからめ合わせていた舌をほどき、リビングから続きになっている寝室に視線をやる。開放された両開きのドアの向こうに、寝心地の良さそうな大きなベッドが見えた。

だが綾瀬は首を振り、麗香を部屋の中央にあるテーブルのところまで連れていった。

「麗香ちゃん、ここに手をついてくれる？　君の脚を後ろから堪能したいんだ」

うっとりと耳元で囁かれ、腰の高さぐらいのテーブルの上に優しく両手を導かれる。

意図を察した麗香は、くっと腰を突き出して立ち、彼を誘うように脚を開いてあげた。

スリットが広がって、右脚がさらされる。

背後で喉がなる音が聞こえた。

「ちょと失礼するね……」

微かに震えた声がして、スカートをまくられる。いちいち声をかけてことを進める綾瀬に、はにかんでしまう。変態でどうしようもないのに、こういうところで紳士だから麗香も彼の性癖に付き合ってしまうのかもしれない。

「すごく綺麗だ……。触るよ」

はやる気持ちを抑えられないのか、綾瀬が崩れるように床へ膝をつく。ストッキング越しに太腿の後ろに当たる息が、熱く乱れていた。

足首に口づけが落ちる。続いて大きな手が脛を撫でながら、ふくらはぎ、膝裏へと唇がすべる。

「ンッ……！」

膝裏の筋を、綾瀬がべろりと舐める。弱い場所だ。

ストッキングの上から吸いつき、くちゅくちゅとしゃぶられる。

「あんっ、アァ……だめぇっ、いやぁ」

くすぐったさと卑猥さの混じった刺激に、膝がびくびくと震える。けれど脚を抱えこまれて逃げられない。

「ンッン……ッ、やぁんっ……！」

膝裏の柔らかい肉の部分に甘く噛みつかれ、ひくんっと体の中心が跳ねる。秘められた場所から甘い汁がじわりとにじんだ。その反応に満足したのか、綾瀬の吐息が笑い、唾液でぬれたストッキングから唇が離れた。

ほっと息を吐く。膝を押さえ込んでいた大きな手が、すっ、と膝裏から太腿を撫で上げる。

「……んんっ！」

腰の辺りがぞくりと痺れたところで、太腿に口づけられる。そのまま上へ舌を這わせ、ガータベルトにキスをする音がした。素肌に触れる唇と息に、お腹の奥がきゅうっと疼く。

「ここ、好きなんだよね」

指がガータベルトの横の肉をなぞった。

「ガータベルトが食い込んだ肉のとこ。ずっと舐めしゃぶっていたい」

「やっ……変なこと言わないで……ひゃっ、ん、あぁッ」

舌が這ったと思ったら、くちゅう、と強くしゃぶられ果実を貪るように歯を立てられる。はあはあという綾瀬の荒い息遣いにつられて、麗香の体も熱を持つ。むずかるように腰が揺れ、体を支える腕から力が抜ける。

テーブルの上に、伏せるように倒れた。ひやりとした感触が火照った肌に気持ちいい。

パチンと音がして留まっていたストッキングがたわむ。外されたガータベルトが尻肉に当たり、すぐに綾瀬がむしゃぶりついてくる。

「んっ、あぁ……いやぁあぁッ、そこ……ッ」

綾瀬は尻を揉みしだきながら、舌の愛撫をその中心へと迫らせる。ショーツを引きずり下ろして脚の間に鼻先を突っこみ、その奥に舌を伸ばした。

むわっ、と熱い息が割れ目に触れたかと思うと、舌先がぬるりと襞をねぶった。

「ひゃぁ、ンッ！　やぁ、アァァ……だめぇッ！」

ぬちゃぬちゃと音をさせて、舌が襞の間を行き来する。その間、綾瀬の手は震える麗香の両足を撫で回す。

「ふ、あぁ、ああぁ……ァっ、ひっ。もっ、やぁ……」

したたる蜜をすべて飲むような唇と舌使いに、膝が萎えそうになる。その脚を抱えた綾瀬が、じゅるり、といやらしい音をさせてほころびかけた蜜口に舌先を入れる。

「ひぃ、ッ……！　あっ、だめ……そこ、そんなっしちゃ……！」

舌先がぬぷぬぷと浅く出入りする。淫猥なくすぐったさに腰がくねる。今度は逃げる腰を捕らえられ、舌をねじ込まれた。前に回った指が、しこった肉芽をきゅっとつまんで潰す。

「いやっ……アァ……ッ！」

　襲ってきた快感に、びくっと背筋がしなる。腰が跳ね、あっという間に達して息が切れる。テーブルの上に崩れた麗香が肩で息をしていると、綾瀬が立ち上がり、硬くなった彼のものを押しつけられた。

「んぁっ……綾瀬？」

　このまま入れられると思っていたら、太腿を揃えるように立たされ、その間に塊が侵入してきた。ぬちゅ、と猛ったものを擦りつけられた蜜口がひくつく。

「前からこうしてみたかったんだけど、機会がなくて。いいよね？」

　覆いかぶさってきた綾瀬はそう言うと、こちらの返事も聞かずに動きだした。

「あっあああっ、やだっ……変な、感じ……ひゃぁ、んっ！」

　股の間を硬い肉の棒が行き来する。蜜にまみれた襞を、その先端でめくるように乱されめちゃくちゃにされていく。

「あっ、あんっ……ああっ！　ひっ、ンッ……綾瀬ッ」

　ひくつく蜜口に硬い切っ先が触れる。そのたびに、体の奥が切なく痙攣する。もどかしさに腰がくねり、雄の欲望を挟んだ太腿が緩む。けれどすかさず太腿を押さえつけられ、こすられる。

　耳元では綾瀬の興奮した息遣いが早くなっていく。腰の動きも激しい。

「もっ、いや、やだ……あぁぁッんっ！　綾瀬、いい加減に……アァンッ！」

疑似的な抽挿がじれったい。入ってきそうで入ってこない先端に、蜜口を押しつけるように腰を突き出す。

「もっ……入れなさいよっ……！」

「ああ、麗香ちゃん……んっ、ごめんね。じらして……」

ぐちゅんっ、と先端が入り口にめり込む。

「ひぁ……ッ！　あぁ、あ……ッ！」

浅いところで軽く出し入れした直後、どんっという衝撃がして奥まで突き入れられた。綾瀬のものにからみついた内壁が、びくんびくんと激しく痙攣する。入り口はきゅっと締まって、すぐに弛緩《しかん》した。

「……ア、アァッ」

強い快感に一気に押し上げられて達した麗香は、テーブルに身を預けて息をつく。そこに、まだいっていない綾瀬が腰を振る。達したばかりで敏感な中をかき回され、強すぎる刺激に眩暈がした。

「やっ、やんっ……まって……バカッ！」

「ごめん。ごめんね、麗香ちゃん。でも、もう我慢できない」

「あっあぁ……んっ。ンンッ……！　やめなさ……あぁッ」

最奥を強く突き上げる激しい抽挿に、絶頂に近い快感が何度も押し寄せてくる。もう甘い声しか上げられなかった。

綾瀬の動きに合わせて、ぐちゅぐちゅと濡れた音がする。その合間に、大きな手が麗香の太腿を撫で回す。どちらも感じる場所を執拗に嬲られ、快感に脳が犯されていく。気持ち良くなることしか考えられなくて、麗香も体を揺らす。

「ひっあぁあぁぁ……ッ！　あぁンッ……！」

最奥をひときわ強く抉られて、子宮がきゅうっと痙攣する。締め付けた雄が熱を吐き出す。びくびくと震えて、麗香の中にすべてそそぎ込んだ。

背中が重くなり、綾瀬の吐息がうなじに当たった。繋がったまま、後ろから回った手がお尻や太腿、内腿と撫でさする。

「好き、麗香ちゃん。すごく良かった……」

「……うん、私も」

ぼうっとしながら素直にうなずくと、肩口にちゅっちゅっと軽いキスが降ってくる。腰がゆっくりと動いて、繋がりがほどけた。

「次はベッドで、じっくりと麗香ちゃんを堪能していいかな？」

「そうね……どうしようかしら？」

少し意識が戻ってきた麗香は、脚を撫でる手を振り払い体を起こした。意地悪く微笑んで、綾瀬の首に腕を回して耳朶に噛みついてやった。

「抱き上げて連れていってくれたら、考えてあげてもいいわよ」

ぱっと綾瀬の表情が輝き、すぐに抱き上げられた。思ったよりしっかりとした腕に驚く。横抱きにされたのは初めてだった。

「落とすんじゃないわよ」

「大丈夫。でもそのときは、僕が下敷きになるから。クッションだと思って、踏みつけてくれると嬉しいな」

わざと転ぶようなことを言って、綾瀬は寝室へ早足にむかった。さらなる官能を待ちきれないというように……。

数日後、二人の家のリビングに一対のフィギュアが飾られた。最後のお色直し姿の麗香と綾瀬だ。もちろん普通の立ち姿で、変なポーズはとっていない。

このフィギュアだけは麗香も喜び、大切にずっと飾られ続けたのだった。

END

あとがき

こんにちは、もしくは初めまして青砥あかです。

この本を手に取っていただき、本当にありがとうございます。もし、前に徳間書房から出た同じタイトルの本を購入いただいていたなら、さらにありがとうございます。

この作品、初出は確か二〇一三年の電子書籍です。電子アンソロの短編として書きました。その後、幸運にも続きを電子で書かせてもらい、二〇一四年になぜか書籍化までさせてもらった小説です。

最初の書籍化のときも、「え？　これ書籍にしていいの？　電子だから許される内容では？　出版社、大丈夫なの？」と担当さんに何度も確認した記憶があります。そんな作品に、去年、コミカライズのお話がきまして、「ああ、連作短編だからコミカライズしやすいのかなぁ」と思い、どうぞお好きにしてくださいとお返事しました。

この二人の話は特殊ですが、私はけっこう好きでして。というか電子だからと好きに書かせてもらったのですが、まさかの書籍化だけでなく、今になってコミカライズまでさせてもらえるなんて、なんて運のいい作品なのかと嬉しくなりました。

私は、自分の小説とコミカライズは別作品だと思っているタイプなので、コミカライズしてくださる作家さんが私の小説を読んで、どんな解釈をして描いてくれるのだろう、と漫画になって動く二人のことを楽しみにしていました。そうしたら、再び書籍化する話がきて「え？　マジで？　みんな正気なの？」という気分になりました。もう令和にもなっちゃいましたよ。どういうことなんだ？

私もまさか約七年（電子からなら約八年）もたって、再びこの二人のお話を書くとは思ってもいませんでした。書下ろしは二人の結婚式のお話です。

前回の書籍化のときは、二人が婚約するまでを書きました。これが最後の二人のお話だなぁと感慨深い気持ちでした。書き終わり、結婚式も書いてあげたかったなと思ったのを憶えています。それが今回、運良く叶ってしまいました。

二人のイラストも、電子書籍の表紙、最初の書籍化の表紙、コミカライズ、そして今回の書籍化による表紙と挿絵。合計で四回も別の作家様に描いてもらえるなんて、本当になんて運のいい作品なんでしょうか。

それでは、アクの強いカップルですが楽しく読んでもらえたら嬉しいです。

青砥あか

両親、純潔、優しい夫 この男は私からすべてを奪う
花嫁強奪
歪んだ形でしか愛せない大企業の次期社長×初恋の相手に復讐を誓う元令嬢

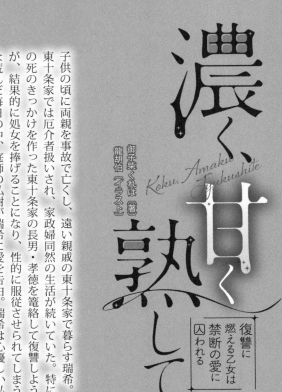

本書は、電子書籍レーベル「らぶドロップス」より発売された電子書籍を元に、加筆・修正したものです。

★著者・イラストレーターへのファンレターやプレゼントにつきまして★
著者・イラストレーターへのファンレターやプレゼントは、下記の住所にお送りください。いただいたお手紙やプレゼントは、できるだけ早く著作者にお送りしておりますが、状況によって時間が掛かる場合があります。生ものや賞味期限の短い食べ物をご送付いただきますと著者様にお届けできない場合がございますので、何卒ご理解ください。
送り先
〒160-0004　東京都新宿区四谷 3-14-1　UUR 四谷三丁目ビル２階
(株) パブリッシングリンク
蜜夢文庫 編集部
○○（著者・イラストレーターのお名前）様

蹴って、踏みにじって、虐げて。
イケメン上司は彼女の足に執着する

２０２１年1月２９日　初版第一刷発行

著……………………………………………………… 青砥あか
画……………………………………………………… 氷堂れん
編集………………………… 株式会社パブリッシングリンク
ブックデザイン……………………………………… おおの蛍
（ムシカゴグラフィクス）
本文ＤＴＰ………………………………………………… ＩＤＲ

発行人………………………………………………… 後藤明信
発行…………………………………………… 株式会社竹書房
〒102-0072　東京都千代田区飯田橋２－７－３
電話　03-3264-1576（代表）
03-3234-6208（編集）
http://www.takeshobo.co.jp
印刷・製本……………………………… 中央精版印刷株式会社

ISBN978-4-8019-2533-5　C0193
Printed in JAPAN